Christina von Schweden

DARIO FO

CHRISTINA VON SCHWEDEN

Eine Hosenrolle für die Königin

Roman

Aus dem Italienischen von Johanna Borek

Mit einem Nachwort von Ulf Birbaumer

HOLLITZER

Lektorat: Teresa Profanter
Umschlaggestaltung: Nikola Stevanović
Satz: Daniela Seiler
Hergestellt in der EU

Dario Fo: Christina von Schweden
Eine Hosenrolle für die Königin
Roman
Aus dem Italienischen von Johanna Borek
Mit einem Nachwort von Ulf Birbaumer

Originaltitel:
Dario Fo: Quasi per caso una donna. Cristina di Svezia.

www.hollitzer.at

HOLLITZER

ISBN 978-3-99012-422-2

PROLOG

Diese Geschichte handelt von einer „unmöglichen Königin“, einer gebildeten und rebellischen, einer beherzten und unberechenbaren Herrscherin, die so bewundert wie angefeindet wurde. Von einer in jeder Hinsicht außergewöhnlichen Frau, von der wir auf unsere eigene Art erzählen und der wir zu einer Stimme zwischen Dokumentation und Theater verhelfen wollten. Dazu haben wir die geschichtlichen Zeugnisse, die Gemälde studiert, die sie darstellen, und die zeitgenössischen Chroniken herangezogen. Und ein wenig haben wir sie auch erfunden, um ihrer Einzigartigkeit gerecht zu werden.

Christina von Schweden kam 1626 in Stockholm als Tochter von Prinzessin Maria Eleonora von Brandenburg und König Gustav II. Adolf zur Welt.

Es war ein krisengeschütteltes Jahrhundert, in das Christina da hineingeboren wurde, das von einem der schlimmsten Religionskriege aller Zeiten, dem Dreißigjährigen Krieg, erschüttert wurde, der den gesamten Kontinent verwüstete und unzählige Opfer forderte. Sämtliche Großmächte waren in ihn verstrickt, vom Spanien und Österreich der Habsburger bis zum Frankreich von Ludwig XIII., vom Russland der Romanow bis zu einem Italien, das zwar noch unter verschiedenen

Fremdherrschern aufgeteilt war, jedoch die größten Kunstschätze Europas beherbergte und innerhalb seiner wechselnden Grenzen ein Spielball der Geschicke der übermächtigen römischen Kirche war. Im Laufe dieses Krieges formierten sich Staaten und Reiche in wechselnden Allianzen neu: Mit ihren besten Männern heizten sie den Konflikt an, und inmitten von Verwüstung und Tod fanden sie zu neuer Macht und neuem Reichtum. Christinas Zeitgenossen gewöhnten sich daran, diesen Krieg wie eine alltägliche Tatsache hinzunehmen, so wie die außerordentliche Kälte, die die Ernten vernichtete und das Meer zum Gefrieren brachte, so wie die Nahrungsmittelknappheit, die Hungersnöte, die Krankheiten.

Ausgerechnet in dieser Epoche erlebte – den bedeutendsten Historikern zufolge – Schweden sein „Goldenes Zeitalter", und nur mit Mühe kann man nachvollziehen, wie ein Zeitalter, das dermaßen von Katastrophen und unerhörter Gewalt geprägt war, als ein „goldenes" gelten kann.

Unter der Regentschaft von Gustav II. Adolf, Christinas Vater, wurden nicht weniger als drei Kriege gleichzeitig geführt: der Kalmarkrieg gegen Dänemark, der Ingermanländische Krieg gegen Russland sowie der aufwändigste, der Krieg gegen Polen, wo König Sigismund, aus demselben Geschlecht wie Gustav Adolf, auf dessen Entmachtung hinarbeitete. Jede der Konfliktparteien war davon überzeugt, im Namen Gottes zu handeln – doch im Namen welchen Gottes? Des Gottes der Lutheraner? Der Katholiken? Der Russisch-Orthodoxen, der Calvinisten, der Presbyterianer?

In Schweden hatte es heftige Auseinandersetzungen gegeben, ob man am katholischen Glauben festhalten oder sich den Lutheranern anschließen sollte, ein Ringen, aus dem das Luthertum schließlich siegreich hervorging. Bei Christinas Geburt war Schweden zwar eine militärische Großmacht, wirtschaftlich und sozial hingegen recht rückschrittlich. Allerdings hatten die durch die Kriegsbeute vollen Kassen und die Tatkraft des Königs zu beachtlichen Fortschritten in kultureller Hinsicht geführt. Alles in allem freilich war die Epoche Christinas eine Phase des Umbruchs, in der Widersprüche in Fragen der Religion, der Macht, der Politik, der Geschlechterfrage aufeinanderprallten, in die sie selbst verstrickt war und in denen sie sich als unerschrockene, heroische Protagonistin ihres Zeitalters erwies. Von Beginn ihres Lebens an …

„EIN JUNGE!"

Die Hofdamen, die der Geburt beiwohnten, brachen in Jubel aus. „Es ist ein Junge!", rief eine. „Hoch lebe der König!", echoten die übrigen Anwesenden.
Doch sie hatten sich getäuscht. Schon bald erwies sich das Neugeborene eindeutig als Mädchen, trotz seines kräftigen Körperbaus und einiger irreführender Indizien, als gesundes, munteres Mädchen mit dichtem Haar und etwas dunklerer Hautfarbe. Nachdem ihm die Hebamme einen Klaps aufs Hinterteil versetzt hatte, fing es, statt wie Neugeborene sonst zu weinen, angeblich laut zu lachen an. In der Tat eine angenehme Art, sich zu präsentieren, und dem König schien der Gedanke, dass ihm eine Frau auf den Thron folgen sollte, nicht im Geringsten unangenehm, ganz im Gegenteil. Im Übrigen war bereits vor der Geburt des Mädchens ein Gesetz erlassen worden, das auch eine weibliche Regentschaft zuließ. Ein halbes Jahrhundert zuvor war in England mit Elisabeth I. ein solcher Umstand eingetreten, und nach dem Eklat, den ihre Krönung in ganz Europa ausgelöst hatte, stellte sich im Lauf der Zeit heraus, dass es sich um einen wahren Glücksfall gehandelt hatte.
Christina hatte erstaunliche Energien. Der Vater war darüber so begeistert, dass er gleich ein kleines Pferd

erstand, auf dem seine Tochter so bald wie möglich reiten sollte. Der Oberstallmeister gab ihm zu bedenken, dass das Mädchen noch viel zu klein war, doch der König ließ sich nicht beirren: „Dann nehme ich sie eben einstweilen huckepack. Das hat auch mein Vater mit mir gemacht."

Und so geschah es. Jeden Morgen ging er mit der Kleinen auf den Schultern in den großen Schlosspark und nahm sie überallhin mit. Abends machte ihm die verärgerte Amme regelmäßig Vorwürfe: „So zieht man doch kein Mädchen auf! Den lieben langen Tag durch Sümpfe und Wälder, da verwildert die Kleine noch völlig und ist überhaupt nicht mehr zu bändigen!" Der König lächelte vor Stolz und Freude.

GUSTAV II. ADOLF DER GROßE ZIEHT IN DEN KRIEG

Im Frühjahr 1627, als Prinzessin Christina gerade einmal sechs Monate alt war, musste Gustav Adolf von ihr Abschied nehmen. Ein weiteres Mal überquerte er mit seiner Armee und einer mit Kanonen gut ausgestatteten Flotte die Ostsee. Nach dem Angriff auf Polen stand er der bedrohlichen litauischen Kavallerie gegenüber, die er mit voller Wucht über den Haufen rannte. Siegreich, doch geschwächt durch eine tiefe Wunde, musste er nach Stockholm zurückkehren, im sicheren Glauben, er würde sich schnell erholen. Doch die Unterbrechung dauerte länger als vorhergesehen, und erst nach einiger Zeit konnte er, vollständig genesen, seine Vorhaben fortführen.
Gustav Adolf, genannt der Große, wurde von seinem Volk sehr verehrt; es erwartete sich von ihm glanzvolle Taten. Also machte er sich gemeinsam mit der protestantischen Koalition, der er sich angeschlossen hatte, auf zur epochalen Konfrontation mit den Katholiken ganz Europas.
Der Dreißigjährige Krieg war an einem entscheidenden Punkt angelangt, und der König beschloss, zum endgültigen Schlag gegen das im Norden Polens und Deutschlands gelegene Pommern auszuholen. Seine Männer waren voller Tatkraft und fest entschlossen zu

beweisen, dass dieses aus Schweden und Finnen zusammengesetzte Heer die mächtigste Streitkraft des Ostseeraums war.

Im Beisein der hohen Offiziere setzte der König den Tag fest, an dem die Schiffe mit der vollständigen Armee in See stechen sollten. Doch es gab Stimmen, die vor einem Unglück warnten: Die üblichen Schwarzseher hatten das Gerücht verbreitet, ein unvorhergesehener Komet sei über den Himmel gezogen und habe ein unheilvolles Licht ausgestrahlt. Und die schlimmen Vorhersagen schienen sich zu bewahrheiten.

Das königliche Schiff, die *Wasa*, zog auf dem Kanal an der Tribüne vorbei, von der aus Gustav Adolf und die hohen Offiziere die Besatzung vor der Abfahrt grüßen sollten. Der Admiral hatte den Truppen befohlen, in der Mitte des Decks Aufstellung zu nehmen und sich nicht von der Stelle zu rühren: „Alle stillgestanden, jeder bleibt auf seinem Posten wie angenagelt!" Doch als die Militärkapelle zu Ehren des Königs den Kriegsmarsch anstimmte, brachen die begeisterten Soldaten in Beifall aus. Eine dichte Gruppe drängte sich an die rechte Breitseite, die sich genau gegenüber der königlichen Tribüne befand, und augenblicklich war ein gellender Schrei zu hören: „Zurück, jeder auf seinen Posten, verdammt nochmal!" Doch es war zu spät. Das Schiff kenterte und drückte wie ein riesiger Deckel die ganze Brigade unter Wasser – das Schiff ging unter.

Doch schuld war nicht der Komet. Erst später stellte sich heraus, dass die *Wasa* ohne den vorschriftsmäßigen Ballast ausgelaufen war, der den Kiel belasten und so das Schiff im Gleichgewicht halten sollte.

Der Untergang der *Wasa* war eine Katastrophe. Von den Breitseiten quollen Männer und Wasserfluten an die Oberfläche. Ein Desaster!
Der König jedoch ließ sich von dem Debakel nicht beeindrucken. Er befahl, die Ertrunkenen zu bergen und angemessen zu bestatten.
Mit den modernsten Waffen ausgerüstet und vereint im neuen protestantischen Glauben landeten die Schweden im Sommer 1630 auf der pommerischen Insel Usedom. Die Kurfürsten, die sich auf die Seite Kaiser Ferdinands II. von Habsburg, des Anführers der Katholiken-Partei geschlagen hatten, zeigten Gustav Adolf die kalte Schulter, doch der Schwedenkönig schloss ein Bündnis mit Frankreich, das zwar katholisch war, sich jedoch den Protestanten anschloss, um dem Streben des Kaisers nach der Vormachtstellung in Europa Einhalt zu gebieten. Der Bündnispakt wurde 1631 geschlossen: Frankreichs regierender Minister, Kardinal Richelieu, erklärte sich bereit, Gustav Adolf mit den finanziellen Mitteln zum Unterhalt eines Heeres von dreißigtausend Fußsoldaten und sechstausend Kavalleristen zu unterstützen. Beide Vertragspartner verpflichteten sich, weder Friedensverträge ohne die Zustimmung des jeweils anderen zu unterzeichnen noch die Religionsfrage aufzuwerfen. Gustav Adolf errang bedeutende Siege und nahm so wichtige feindliche Stellungen wie Mainz und München ein.
Zum großen Zusammenstoß kam es am 16. November 1632 bei Lützen in Sachsen – am 6. November nach dem damaligen, in Schweden und den anderen protestantischen Ländern gültigen julianischen Kalender.

In dieser blutigen Schlacht war der schwedische König dem Sieg nahe; die Kaiserlichen mussten sich zurückziehen. Doch da wurde Gustav Adolf unversehens von einem Flankenschuss der habsburgischen Kanonen getroffen, genau in dem Augenblick, als er die schwedische Königsflagge zum Himmel hob. Flagge samt Arm wirbelten durch die Luft.
Die sterblichen Überreste Gustav Adolfs wurden in ein Dorf in der Nähe des Schlachtfelds gebracht. Nachdem sein Leichnam gereinigt worden war, sammelten die Soldaten zum Zeichen der Hochachtung sein Blut in einem Gefäß, das sie in der Dorfkirche neben seiner Rüstung niederstellten. Anschließend wurde er in die nahe gelegene Stadt Weißenfels verbracht und sorgfältig einbalsamiert. Es heißt, selbst der Kaiser habe geweint. Richelieu meinte, Gustav Adolf sei mehr wert gewesen als beide Heere zusammen.
In einem Holzsarg wurde der König nach Schweden überführt und feierlich aufgebahrt, um dem Volk Gelegenheit zu geben, von ihm Abschied zu nehmen. Maria Eleonora weigerte sich, den Leichnam sofort bestatten zu lassen, und erklärte: „Er wird erst gemeinsam mit mir begraben, denn bald bin auch ich tot."
Doch die Zeit verging, und man konnte nicht mehr zuwarten. Die Leiche musste beerdigt werden, und endlich, neunzehn Monate nach seinem Tod, wurde Gustav II. Adolf der Große in der königlichen Begräbniskirche beigesetzt.
Am Tag des Leichenbegängnisses war Christina außer sich vor Verzweiflung. Sie konnte es nicht fassen, dass ihr Vater so plötzlich dahingeschieden war. Gustav

Adolf hatte sich mit rührender Zärtlichkeit um sie gekümmert. Von frühester Kindheit an trug er sie, gekleidet wie ein kleiner Oberst der schwedischen Kavallerie, mit sich auf dem Pferd. Er spielte mit ihr wie ein Bruder. Sie lachten miteinander und sangen Soldatenlieder, darunter auch einigermaßen unanständige. Aus Schmerz über seinen Verlust weinte die Kleine ganze Tage lang.

MIT SECHS JAHREN KÖNIGIN!

Durch diesen schrecklichen Tod war Christina Königin geworden. Mit sechs Jahren! Die Regierungsgeschäfte übernahm selbstverständlich ein Regentschaftskonzil, an dessen Spitze sich der Reichskanzler Axel Oxenstierna setzte.

Über die ersten Lebensjahre der Königstochter berichtet ein Dokument, das sie selbst geschrieben, möglicherweise auch diktiert hat:

> Als ich zur Welt kam, war meine Mutter, die Königin, die neben den Tugenden ihres Geschlechts auch alle seine Schwächen hatte, untröstlich. Sie erwartete einen kleinen Jungen, und dann bekam sie mich, die ihr nicht würdig schien, eine Krone zu tragen. Es störte sie, dass ich gar so selbstsicher war, mich mit allen gut verstand und zu jedem Spiel aufgelegt war, insbesondere, wenn es mit waghalsigen Sprüngen und lautem Geschrei einherging. Sie konnte mich nicht leiden, und das kann man ihr nicht ganz übel nehmen, denn meine Haut blieb so dunkel wie die eines kleinen Mohren. Sie befreite sich von meiner Gegenwart, indem sie dem Rat meines Vaters folgte und mich der Obhut von Anna Svensson anvertraute,

einer schönen Frau, die, wie ich lange Zeit später entdeckte, die Geliebte meines Vaters gewesen war und sich vor einigen Jahren mit einem hochrangigen Offizier verheiratet hatte, dem sie sofort zwei Kinder gebar. Mein Vater nannte sie Juno, überreich an Milch und Zärtlichkeit.

Inmitten von Hofdamen und Kammerzofen hatte die kleine Königin dennoch oft Gelegenheit, sich ohne Aufsicht überall frei zu bewegen.
„Wohin gehst du?“, fragten sie händeringend. „Was tust du? Da komm her!“ Doch Christina entschlüpfte ihnen wie ein flinkes kleines Tier.
Eines Tages gelangte sie in einen großen Saal, in dem gerade an den baufälligen Arkaden Stützpfeiler angebracht wurden. Es war Feiertag und weit und breit kein Tischler oder Zimmermann. Eine junge Kammerzofe folgte ihr bis zum Eingang, doch die Kleine, die gerne Verstecken spielte, verbarg sich hinter den Säulen. Sie war direkt aus der Sonne ins Dunkel gekommen, strauchelte und stieß dabei eine Palisade um, wodurch auch eine der Arkaden den Halt verlor und einstürzte. Keiner weiß wie, doch Christina konnte sich retten. Die Zofe hingegen, die auf sie aufpassen sollte, wurde vom herabfallenden Gemäuer getroffen und, übel zugerichtet, sofort ins „Spittel“ gebracht.
Ein andermal stieg die Kleine in Begleitung von zwei Gouvernanten eine Treppe hinab und schwenke dabei ein langes Seidenband, das fantastische Schnörkel in die Luft zeichnete, doch herrje, das Band verfing sich zwischen ihren Beinen, und anstatt weiterzuhüpfen, stürzte

sie kopfüber die Treppe hinab und purzelte von Stufe zu Stufe, bis sie endlich auf dem Erdboden landete. Die Mädchen schlugen die Hände vors Gesicht, überzeugt, die Kleine habe sich alle Knochen gebrochen, aber da stand sie schon wieder auf den Beinen und jauchzte: „Mir ist überhaupt nichts passiert! Ich bin eine von den Akrobatinnen auf dem Jahrmarkt! Aus dem Weg, ich probiere es noch einmal!"
Die beiden Mädchen hoben sie auf, und Christina bestürmte sie aufs Neue: „So, sehr gut, und jetzt werft mich in die Luft und dann fangt mich wieder auf."
Vor allem spielte sie mit Karl. Wer das war? Ein Cousin von Christina, ungefähr in ihrem Alter. Als sie klein waren, spielten sie Fangen, lachten und stritten sich wie alle Kinder dieser Welt. Kaum aufgewacht, lief schon die eine zum anderen, um gemeinsam zu frühstücken. Sie lernten auch zu zweit: lesen, schreiben, rechnen – doch sobald sie der Aufsicht der Kindermädchen entwischen konnten, verschwanden sie im Schlosspark und waren nicht mehr aufzutreiben.
Als sie größer wurden, kamen die gemeinsamen Spiele und Vergnügungen langsam zu einem Ende. Karl entdeckte, dass er rasend in die junge Königin verliebt war. Sie ließ Umarmungen und spielerische Zweikämpfe zu, bei denen beide schließlich ineinander verschlungen auf dem Boden landeten und dabei eine gegenseitige Anziehung empfanden, die sie ganz durcheinanderbrachte. Christinas Vormunde waren sich darüber im Klaren, dass diese Nähe die mutmaßlichen künftigen Hoheiten in Gefahr brachte, und suchten sie strenger zu kontrollieren. Oft brach Christina in Tränen aus, wenn sie

Karl nicht sehen durfte, doch die Reaktion des Jungen grenzte an Verzweiflung. Bis er eines Tages vor versammeltem Hof nicht mehr an sich halten konnte. Hören wir den beiden zu:

„Schluss!“, rief Karl. „Ihr könnt mir nicht verbieten, mit Christina zusammen zu sein. Sie ist meine Cousine und zukünftige Frau, jeder weiß, dass wir verlobt sind. Aber das ist nicht alles, hört gut zu, denn was ich euch zu sagen habe, wird euch einen Schlag versetzen, dass ihr nicht mehr wisst, wie ihr heißt.“
Christina trat mit einem Satz dazwischen und schob den jungen Liebhaber so unsanft beiseite, dass er zu Boden stürzte.
„Nein, Karl, das ist unser Geheimnis, das kannst du nicht einfach irgendwelchen Leuten auf die Nase binden!“
„Majestät!“, platzten die Herren Regenten wie aus einem Mund heraus. „Wir sind nicht irgendwelche Leute, sondern die Verantwortlichen für jeden Eurer Schritte. Sollte es ein noch so dunkles Geheimnis geben, sind wir die Ersten, die es erfahren müssen.“
„Na gut“, seufzte Christina, „ihr sollt es erfahren. Helft meinem Freund auf die Beine, und dann setzt euch hin und hört mir genau zu, aber gebt mir euer Ehrenwort, dass ihr niemandem erzählt, was ich euch zu sagen habe. Wir haben uns in diesen vergangenen Jahren mit Feuereifer ins Spiel gestürzt, sind gelaufen, gesprungen, einander in die Arme gefallen, aber da wir nicht die geringste Ahnung hatten, was da vor sich ging, haben wir uns von unserem Überschwang

mitreißen lassen. Gemeinsam lasen wir heimlich Bücher mit Liebesgeschichten vom Altertum bis zu unseren Tagen, aber keiner der Autoren brachte uns bei, wie wir uns verhalten sollten, vor allem, wenn wir uns ohne Kleider im Wald auf der Wiese umschlungen hielten oder im Wasser der warmen Quelle. Wir fanden so unbeschreiblichen Gefallen daran, dass wir das Spiel zu weit trieben – eine Torheit, die so groß war, dass man sie wohl Liebe nennen muss."

„Schön und gut", sagte einer der Herren, „aber kommt zum Schluss. Was ist dann passiert?"

„Aber gar nichts, nur, dass ich schwanger bin."

„Nein!", riefen die Herren und sprangen kreidebleich von ihren Stühlen auf.

„Aber ja doch. Ich bin im dritten Monat."

Da trat Karl vor.

„Ich habe mich bereits erkundigt. In solchen Fällen gibt es nur eine Möglichkeit, den Skandal zu vermeiden: Ich bin zwanzig, Christina ist sechzehn, also sind wir alt genug, unsere eigenen Entscheidungen zu treffen. Ich verkünde deshalb, dass hier, im Schoß meiner Braut, ein Thronfolger bereit ist."

Unter den Hofleuten gab es ein riesengroßes Durcheinander, alle sprachen von einer schrecklichen Tragödie, doch Christina brach in ihr gewohntes Gelächter aus.

„Ihr habt ja recht, wir haben den Bogen überspannt, vor allem ich, als ich meinem geliebten Cousin weismachte, ein Kind zu erwarten. Angesichts eurer Verzweiflung jedoch muss ich euch notgedrungen ein Geständnis machen: Ich wollte herausfinden, wie

> sehr mein Freund mich liebte und beschloss, ihn auf die Probe zu stellen. ‚Liebster', flüsterte ich ihm ins Ohr, ‚unsere Liebe ist nicht ohne Folgen geblieben. In einigen Monaten werde ich dir einen Erben schenken.' Doch das war eine Lüge, ich habe alles nur erfunden. Seid ihr jetzt wütend? Wollt ihr mich bestrafen, mich züchtigen? Womöglich angekettet in eines der unterirdischen Verliese sperren? Eine Liebesgeschichte wie unsere könnte nicht besser ausgehen."

Die Vertreter des Regentschaftskonzils waren außer sich vor Empörung, und tags darauf erfolgte die erste Strafmaßnahme: Karl Gustav von Zweibrücken-Kleeburg wurde in eine Heereskutsche gesetzt und nach Deutschland auf eine Militärakademie gebracht, wo er drei Jahre lang blieb. Und im Leben Christinas gab es so manche Veränderung.

ERZOGEN WIE EIN MANN. UND JEDE MENGE LÜGEN …

Wie wurde die kleine Christina erzogen? Sie erzählt es uns selbst in ihren Memoiren, in denen sie, wie es der literarischen Gattung entspricht, ihre Vergangenheit schildert und damit ein öffentliches Bekenntnis ablegt und uns gleichzeitig ihre eigene Version der Konflikte und Schwierigkeiten in ihrem Leben liefert:

> Als mein Vater, der König, noch lebte, ordnete er an, dass ich wie ein Mann erzogen werden sollte. Er erklärte offen, er wünsche nicht, dass mir irgendeine der Tugenden meines Geschlechts beigebracht werde, ausgenommen Sittsamkeit und Bescheidenheit. In allem anderen solle ich zum Herrscher erzogen werden und alles lernen, was ein junger Herrscher wissen muss.

Es sei mir die Bemerkung gestattet, dass ich im Gegensatz zu anderen von der Glaubwürdigkeit dieses Textes nicht überzeugt bin. Mir scheint es sich eher um eine Verteidigungsstrategie zu handeln: Dem in der Schlacht gefallenen Vater wird die Schuld am exzentrischen, sonderbaren Verhalten der jungen Königin in die Schuhe geschoben, wie um zu sagen: „Wie ihr mich da seht, etwas nachlässig gekleidet und sehr männlich, bin ich deshalb, weil es der Wunsch meines Vaters war, den ich verehre und dem ich gehorche." In meinen Augen eine wunderbare Ausrede, mit der alle, die diese „Königin in Männerkleidern" nicht akzeptierten, zum Schweigen gebracht werden sollten. Ich glaube auch nicht an die mangelnde körperliche Anziehungskraft Christinas. Man hat ihr ein reizloses Gesicht mit „männlichen" Zügen angedichtet, zerzaustes Haar, sogar eine schiefe Schulter ... fehlt nur der Buckel des Glöckners von Notre-Dame. Und immer wieder wird betont, wie klein sie gewesen sei. Und dann dieses vulgäre Benehmen, dem jede Eleganz und Sinnlichkeit abgeht, und an den Füßen womöglich Schuhe wie ein Holzhacker. Also, ich finde das alles reichlich übertrieben.

Es genügt, die Briefe der Tochter von König Gustav Adolf zu lesen, die sie, erwachsen geworden, ihrer Kammerzofe schickte und in denen sie dieser ihre Liebe gesteht. Sie sind in einem Stil verfasst, der nicht nur ein feines Gespür für Sprache und Gefühle verrät, sondern auch einen Bildungsgrad, der zur damaligen Zeit, vor allem in den skandinavischen Ländern, nicht alltäglich war. Christinas Passion waren Wissen und Erkenntnis. Als Kind wurde sie von einem hochgebildeten Hauslehrer unterrichtet, der ihr beibrachte, sich mündlich und schriftlich in hervorragendem Schwedisch auszudrücken, doch auch auf Deutsch und ein wenig auf Italienisch. Er gab ihr die lateinischen Klassiker zu lesen und zu kommentieren, machte sie mit den großen Philosophen des Altertums und mit der französischen Dichtung vertraut und unterrichtete sie in Mathematik und Physik. Und schließlich verliebte sich Christina in die Commedia dell'arte, das italienische Theater, das gerade am französischen Königshof Triumphe feierte, von dem sie durch Schriften von gelehrten Beobachtern erfahren hatte. Erst später sollte sie die wichtigsten Typen-Darsteller dieses Theaters persönlich kennenlernen sowie die Schauspielerinnen, die hier zum ersten Mal auf den europäischen Bühnen auftauchten und die üblichen Männer in Frauenkleidern ablösten. Selbstverständlich durften in ihrem Unterricht die Griechen nicht fehlen. Sie machte Bekanntschaft mit Tragödien und Komödien, mit der Satire, mit der Dichtung von Sappho bis Lukian von Samosata.

Doch ich überlasse dem Urteil und der Sensibilität meiner Leser einen Brief Christinas an ihre Kammerzofe, ihre geliebte Ebba Sparre, die sie ihrer Schönheit halber „Belle" nannte:

> Alles an dir gefällt mir, mein zartes, zauberhaftes Mädchen: die behände, schlanke, luftige Gestalt, dein delikater Teint. Die Blässe, die weiß wie ein Rosenblatt dein Antlitz überzieht, wenn ich dich in die Arme schließe. Deine schönen Augen, die von den schamhaft gesenkten Lidern verborgen werden wie deine aufglühende Verwunderung. Ich liebe nur dich, mein Mädchen. Kaum verlässt du mein Schloss, wird alles um mich herum dunkel, und es verdunkeln sich meine Augen. Mir bleibt nur dein Duft, der hier und dort noch zu spüren ist.

Und was den fehlenden Liebreiz ihres Gesichts betrifft: Wie kann man nur den Beschreibungen von Autoren glauben, die sich reihenweise bemüht haben, uns die Königin als „unmöglich“ zu präsentieren? Haben meine Leser etwa eines ihrer zahlreichen Porträts gesehen, darunter einige weniger gelungene, andere jedoch, die von angesehenen Malern stammen?

Ich selbst habe mindestens dreißig eingehend betrachtet, flämische, französische, vor allem aber Werke italienischer Maler, Schülern von hervorragenden Künstlern der Renaissance. Wenn ihr, meine Leser, mir Glauben schenkt – und das könnt ihr, denn ich habe die Malerei von Kind an gelernt –, dann versichere ich euch, dass diese Porträts Christina nur selten schmeicheln; wenige Maler haben sie schöner dargestellt, als sie war. Alle anderen haben die hinreißende Frau, die sie vor sich hatten, wahrheitsgetreu und glaubwürdig abgebildet.

Zunächst einmal wird sie auf den meisten Bildern nicht klein, sondern überdurchschnittlich groß und zierlich dargestellt. Sie hat einen schlanken Hals und ein edles Gesicht mit ausdrucksvollen Augen. Ihr Busen weist die reizvollen Formen auf, die einer schönen Frau würdig sind. Was jedoch der gesamten Gestalt Bewegung verleiht, ist Christinas offensichtliche Liebe zum klassischen Tanz und zur Choreografie.

Tatsächlich war Christina ganz verrückt nach Ballettvorführungen, weshalb sie die berühmtesten Tanztruppen aus Europa, vor allem aus Paris, einlud, mit der Absicht, in Schweden eine bedeutende Ballettschule zu gründen. Sie tanzte selbst und trat auch auf; 1647 erbaute der italienische Architekt Antonio Brunati für sie das erste Hoftheater Stockholms. Zu ihren Lieblingsdramatikern gehörte Pierre Corneille. Mehrere Stücke des schwedischen Dichters Georg Stiernhielm waren ihr gewidmet, in einem spielte Christina selbst als Göttin Diana die Hauptrolle. Viele ausländische Truppen waren am Hof zu Gast, wie die italienische, welcher der Musiker Vincenzo Albrici angehörte, oder die holländische mit den Schauspielerinnen Ariana Nozeman und Susanna van Lee. Die berühmte französische Sopranistin Anne Chabanceau de La Barre wurde von ihr zur Hofsängerin ernannt.

Etliche Herrscher warben um die Hand der Königin von Schweden, und es wurden ihr viele Liebschaften zugeschrieben, angefangen bei Karl, dem Spielgefährten ihrer Kindheit und späteren König, über Magnus Gabriel De la Gardie bis zu Decio Azzolino, von denen noch die Rede sein wird. Handelt es sich um wahre oder um erfundene Geschichten? Ich selbst neige dazu, ihre Beziehungen mit einigen schönen jungen Frauen, in die sie unsterblich verliebt war, ohne Zweifel für wahr zu halten. Doch sie fand Gefallen daran, mit ihrem ausgeprägten Freiheitsdrang alle zu verblüffen und vor den Kopf zu stoßen. Viele Zeitgenossen, strenge Lutheraner, verziehen ihr nicht ihre offen zur Schau getragene Respektlosigkeit, die von der Staatsreligion streng verurteilt wurde, und vor allem fanden sie es unerträglich, von einem Herrscher mit dem Körper einer Frau regiert zu werden. ‚König Christina' nannten sie böse Zungen.

Aber lassen wir sie selbst zu Wort kommen, sehen wir ihr zu, wie sie mit achtzehn Jahren die königliche Tribüne besteigt, provokanter denn je und einigermaßen kokett:

Ich war gerade achtzehn Jahre alt geworden, als ich zur Generalprobe meiner Krönung auf die vor dem Königspalast errichtete Tribüne stieg, vor der sich eine beeindruckende Menge von Untertanen und ausländischen Gästen drängte. Die Kanonen feuerten gerade die letzten Salven ab. Tags davor wollte ich beim ersten Schuss der Artillerie hinter den Schießlafetten stehen. Und da mein Vater mir beigebracht hat, wie man eine Kanone lädt und die Lunte zündet, bat ich den Oberbefehlshaber der Artillerie um die Erlaubnis, beim Einstellen der Bombarden und beim Zünden der Ladung teilzunehmen. Als der Schuss losging, rief ich aus vollem Hals: „Ich bin Königin! Und ich werde euch noch zeigen, was ich alles kann!"

Am Tag darauf war ich die Protagonistin der Hauptzeremonie, die darin bestand, den Repräsentanten der vier Stände die Hand zu reichen: den Adligen, den Geistlichen, den Kaufleuten sowie den Handwerkern und Bauern. Der Zeremonienmeister machte mich darauf aufmerksam, dass ich mehr als zweihundert Personen würde die Hand schütteln müssen. „Oh Gott, die werden mir ja sämtliche Finger zerquetschen!"

„Eure wunderbaren Hände haben nicht das Geringste zu befürchten", beruhigte er mich. „Es gibt ein Hilfsmittel, zu dem schon Eure königliche Großmutter, Christine von Holstein-Gottorp, gegriffen hat."

„Und das wäre?"

„Ihre Majestät schob sich eine künstliche Hand aus weichem Rohr in den Ärmel. Natürlich in einem

Handschuh. Und die Untertanen drückten diesen Apparat, ohne den Trick zu bemerken. Ihr habt Glück, Majestät, die falsche Hand gibt es noch, sie liegt sorgfältig verwahrt in einem Schrank mit anderen Erinnerungsstücken."

„Ausgezeichnet! Geht sie holen, worauf wartet Ihr noch?"

„Schon geschehen, Majestät, da ist sie." Und damit überreichte er mir das Gerät, das mit einem leichten Leinenstoff bezogen war. Meine dritte Hand! Großartig! Ich schob sie in meinen Ärmel, und schon konnte es mit dem Händeschütteln losgehen. Von Zeit zu Zeit stöhnte ich ein bisschen auf, um dem jeweiligen Kandidaten zu zeigen, dass er mir mit seinem männlich kräftigen Händedruck wehtat.

Die Freude an der Komödie, kultiviert durch Studien und Lektüren, war eine Konstante in Christinas Leben, gepaart mit der an der Tragödie – und Tragödien gab es in ihrem Leben gewiss zur Genüge.

EINE GEBILDETE FRAU, LIEBHABERIN VON KULTUR, THEATER UND SCHÖNEN MÄDCHEN – ABER NICHT NUR

Christina, die schon früh offen gezeigt hatte, dass sie eine temperamentvolle Frau und zärtliche Freundin schöner Mädchen war, setzte ihren Hof, ihre Untertanen, das ganze Königreich in Erstaunen, als sie erkennen ließ, dass sie auch Männer nicht verachtete – wohlgemerkt nur solche, die sie durch gutes Aussehen, feine Ironie und großes Wissen beeindruckten. Von den Spielen mit ihrem Cousin Karl war schon die Rede. Jetzt ist es an der Zeit, Magnus Gabriel De la Gardie vorzustellen. Der Hauslehrer, der Christina bis dahin unterrichtet hatte, musste sich wegen eines lästigen Gichtleidens zurückziehen, und während nach einem neuen Lehrer gesucht wurde, nahm Christina die Einladung zu einem ungewöhnlichen Jagdausflug an. Nicht einer Jagd, bei der soundso viele Treiber das Wild mit einer Hundemeute und Reitern mit Lanzen und Degen unausweichlich in die Enge treiben, sondern einem wirklichen Abenteuer, bei dem die Teilnehmer selbst Füchse und Damwild, Hirsche und Wildschweine aufstöbern müssen. Und sich dabei der Gefahr aussetzen, bei der Beute auf verzweifelte Gegenwehr zu stoßen. Das Gebiet, in dem die Jagd stattfand, bestand aus Hunderten verstreuten Inseln längs der Küste um Stockholm. Der Archipel

wurde von Fischern bewohnt, die ihrerseits Jagd betrieben, und sie waren es auch, die auf ihren Booten die Gruppe der Jäger durch das Labyrinth der bewaldeten Inseln schleusten.
Lassen wir wieder Christina selbst sprechen:

> Der erste Tag endete mit einem kläglichen Misserfolg: wenig Wild, dafür Vogelschwärme, die für unsere Flinten und Schleudern unerreichbar hoch über uns hinwegflogen. Gegen Abend legten wir auf einer großen Insel an, in deren Mitte auf einer steinernen Anhöhe eine Villa thronte mit zahlreichen Säulen, die das ganze Gebäude umgaben. Die Eigentümer, bei denen wir zu Gast waren, hatten zu unserem Empfang ein üppiges Mahl vorbereitet. Da entdeckten wir eine weitere kleine Gruppe Jäger, die ein paar Stunden vor uns angekommen waren – junge Leute aus Uppsala, mehr oder weniger in meinem Alter, unter denen ich sofort einen ungewöhnlich anziehenden jungen Mann entdeckte. Ein Gesicht, das einer Statue von Praxiteles würdig war, ausdrucksvolle dunkle Augen, leuchtend blondes Haar. Vor allem fiel mir auf, dass er sich mit einer Grazie bewegte, die nur gewissen großen Tänzern zu eigen ist. Ich ging auf ihn zu und fragte ihn nach seinem Namen. Seine Antwort: „Ich heiße Magnus De la Gardie, und Ihr werdet es nicht glauben, Majestät, aber wir sind entfernte Verwandte, Cousin und Cousine. Ich nahm an der Probe zu Eurer Krönung teil, ich drückte Eure Hand und war erschrocken. Die Ärmste, dachte ich, ihr fehlt die rechte Hand und

sie muss sich mit einem künstlichen Glied behelfen. Und jetzt stelle ich voll Freude fest, dass Ihr zwei wohlbehaltene Hände habt! Wie mich das glücklich macht! Erlaubt Ihr, dass ich nun Eure echte Hand ergreife und sie küsse?"

Ich brach in Lachen aus und streckte ihm zum Kuss den ganzen Arm hin.

Hier wurden wir vom Herrn des Hauses unterbrochen, der mich in den zweiten Stock begleiten wollte, wo ich mir ein Zimmer nach meinem Geschmack für die Nacht aussuchen sollte. Ich folgte unserem Amphitryon, dem Grafen Ekbom, und fragte, ob mich mein Cousin Magnus begleiten dürfe. Während wir die Treppe emporstiegen, fragte mich der Graf, ob ich mein Zimmer mit einer Hofdame teilen wolle.

„Nein, danke", entgegnete ich. „Ich möchte lieber allein sein." Wir sahen uns das Zimmer an, das warm und einladend war, ich ließ mein Gepäck holen, und anschließend gingen wir hinunter zum Abendessen. Natürlich achtete ich darauf, dass Magnus neben mir zu sitzen kam. Wir setzten unser Gespräch fort und ich erfuhr, dass der Junge mit dem Kopf des Praxiteles trotz seiner Jugend an der Universität Uppsala lehrte. „Welches Fach?", wollte ich wissen.

„Sokratische Philosophie", erwiderte er.

„In welcher Sprache?"

„Schwedisch, denn ich bin in Schweden geboren, aber auch Französisch, da mein Vater aus Paris stammt und ich das Glück hatte, in dieser herrlichen Stadt als Lektor an der Sorbonne zu unterrichten."

„Alle Achtung! Da habe ich es ja mit einer Autorität

zu tun! Ich will Euch verraten, dass es ein ausgesprochenes Glück für mich ist, Euch zu treffen, lieber Magnus. Vor Kurzem erst habe ich meinen Lehrer verloren, einen Mann, den ich für unersetzlich hielt, und siehe da, ich begegne Euch. Das Schicksal ist wahrhaftig ein Taschentrickspieler! Vielmehr, verzeiht, ich habe Euch ja noch gar nicht das Wichtigste gefragt, nämlich ob Ihr möglicherweise bereit wärt, den Lehrer zu ersetzen, der mich verlassen hat …"
„Ein Lehrer hat Euch verlassen?"
„Ja, unfreiwillig. Eine lästige Krankheit zwingt ihn, auf Krücken zu gehen. Daher habe ich es vorgezogen, ihn zu schonen, und nun brauche ich einen guten Lehrer, der diese Aufgabe übernimmt."
„Nun, Majestät, das kommt sehr überraschend … Aber angesichts Eures Enthusiasmus versichere ich Euch, dass ich mein Möglichstes tun werde, um es einzurichten."
„Oh, wie ich Euch danke!" Und damit drückte ich ihm einen Kuss mitten auf die Stirn.
Zum Essen wurde uns auf dem Rost gebratener Fisch aufgetragen, und ich erlaubte mir gleich, mir mit den Händen ein Stück von einem großen Lachs zu nehmen und ihm die Haut abzuziehen. Alle folgten ohne zu zögern meinem Beispiel. Unser Gastgeber rühmte die außergewöhnliche Schönheit der Inseln und ihren Reichtum an Wild und versprach, uns am nächsten Tag auf einer der nördlichsten, besonders wildreichen Insel auf die Jagd zu begleiten. Nach diesem Gang trat eine Gruppe Musiker auf und trug auf Saiteninstrumenten alte Tanzlieder dieser Inseln

vor. Ihr Spiel war meisterlich, niemand konnte daran zweifeln, dass es sich um Berufsmusiker handelte. Es war unglaublich, ein solches Orchester an diesem verlassenen Ort zu erleben. „Woher stammen diese meisterhaften Musiker?", fragte ich.

„Sie sind von hier und leben als Fischer und Waldarbeiter auf den benachbarten Inseln."

„Waldarbeiter und Fischer, die Geige und Violoncello spielen? Wo haben sie eine so schwierige Kunst gelernt?"

„Hier, auf meiner Insel, wo sie zusammenkommen, nachdem sie vor etlichen Jahren eine Schule für Musiker gegründet haben."

„Und die Instrumente, woher kommen die?"

„Ebenfalls von hier, sie selbst haben vor Zeiten gelernt, Geigen, Violen, Violoncelli, Gitarren zu bauen, und alles, was man für ein gutes Streichorchester benötigt."

Die Gerichte waren gar zu reichlich, und die Müdigkeit aller war daran schuld, dass beim dritten Gang alle dankend ablehnten und sich zurückzogen. Alle hatten das Bedürfnis, sich von den Aufregungen und den Anstrengungen des Tages zu erholen. Im Handumdrehen war ein jeder verschwunden und in das Zimmer, das man ihm zugewiesen hatte, hinaufgestiegen. Jetzt erst bemerkten wir, dass Magnus versäumt hatte, sich um ein Zimmer zu kümmern. Ich beruhigte ihn: „Dem ist leicht abzuhelfen, aber auf die Gefahr hin, dass Ihr mich unverschämt und aufdringlich findet, möchte ich Euch sagen, wie ich es bedaure, mich so schnell von Euch trennen zu müssen.

Zu gern würde ich noch ein wenig mit Euch zusammenbleiben."
„Aber gewiss", erwiderte er. „Auch ich würde mit Vergnügen unser Gespräch fortsetzen."
Damit stiegen wir in den zweiten Stock hinauf. Ein Bediensteter hatte, wer weiß wie und warum, Magnus' Gepäck in den Vorraum meines Zimmers gebracht, und ich meinte: „Hier geht in allem etwas Magisches vor". Dann wandte ich mich an meinen Gefährten: „Allerdings muss ich Euch etwas sagen. Nehmt Platz, wo es Euch beliebt, ich setze mich aufs Bett, wenn es Euch nicht stört. Nun denn, mein lieber Magnus, es ist bekannt, und auch Ihr werdet es wissen, dass ich einen ausgesprochen schlechten Ruf habe, nicht nur am Hof, mittlerweile hat sich das Gerücht, dass die Königin sich für Mädchen interessiert, überall verbreitet."
„Ja, offen gestanden habe auch ich öfter davon gehört."
„Dann sind wir ja gewissermaßen Gleichgesinnte! Ich nehme an, auch Ihr zieht Frauen den Männern vor ..."
Magnus antwortete lächelnd: „Sicher! Und was Ihr sagt, beruhigt mich. Ich muss also nicht befürchten, dass Ihr mich gleich aufs Bett werft und über mich herfällt."
Wir lachten beide. Ich stand auf, öffnete meinen Koffer und nahm mein Nachtgewand heraus. „Macht es Euch bequem", sagte ich. „Dort drüben steht ein Sofa, das vielleicht lang genug ist, damit Ihr Euch darauf ausstrecken könnt, Beine und Füße eingeschlossen.

Wie groß seid Ihr, Magnus? Eins neunzig?"
„Nein, nur ein Meter fünfundachtzig."
„Umso besser! Sonst bräuchte ich eine Treppenkarre auf Rädern, um Euer Niveau zu erreichen."
Ich ging in das Zimmer nebenan und stieß einen Jubelschrei aus: „Fantastisch!", rief ich. „Seht Euch das an! Ein randvoller Bottich mit lauwarmem Wasser, nur für uns beide! Ist es Euch recht, wenn ich als Erste hineinsteige?" Und ohne seine Antwort abzuwarten, zog ich mich geschwind aus, nahm ein Stück Seife von einem Tischchen neben dem Bottich und begann, mich vor Vergnügen kreischend zu waschen und abzuspülen. Ich trocknete mich mit einem Laken, das an der Wand hing, ab und wickelte mich in ein trockenes Tuch.
Als ich den Raum mit dem Bottich verlassen wollte, trat mein zukünftiger junger Lehrer ein. „Verzeiht", sagte ich, „wenn Ihr in dem Wasser baden müsst, das ich mit meinem unförmigen Körper schon beschmutzt habe."
„Warum nennt Ihr Euren Körper denn unförmig?"
„Weil ich auf Bildern oft stämmig und wie ein Mann dargestellt werde."
„Ich will Euch keine ungebetenen Komplimente machen, aber auch in diesem Laken finde ich Euch nicht plump oder derb."
„Ah, wie ich Komplimente vor dem Schlafengehen liebe!"
Kurz darauf lagen wir beide auf unserer jeweiligen Liegestatt. Da meinte ich: „Passt auf, Magnus ... könnt Ihr mich hören? Findet Ihr nicht, dass wir zu

weit voneinander entfernt sind, um uns zu unterhalten? Entweder, wir schieben Euer Sofa neben mein Bett, oder ich komme zu Euch."
Und er: „Lieber komme ich selbst und strecke mich auf Eurer Matratze aus."
Ich rückte ein wenig zur Seite, und schon lag er neben mir. „Ihr habt von der Zeit erzählt, als Ihr Lektor an der Sorbonne wart. Worin besteht Eure Tätigkeit eigentlich? Lest Ihr Bücher, Dramen, Abhandlungen?"
„In erster Linie Monologe und Dialoge, Auszüge aus bekannten Komödien und anderen Werken. Bisweilen auch aus unbekannten."
„Oh, wie schön wäre es, wenn Ihr mir aus einem Theaterstück vorlesen könntet! Habt Ihr vielleicht ein Textbuch mit?"
„Das brauche ich nicht, wer als Lektor sein Handwerk versteht, muss seinen Vortrag auswendig können, sonst verfehlt er die Wirkung."
„Da habt Ihr sicher recht! Seid so gut und tragt doch etwas vor, was immer Ihr mögt!"
„Es gibt da einen Monolog, der Euch gefallen könnte ..."
„Worum handelt es sich?"
„Um die Erinnerungen einer Äbtissin, die ihre erste Liebesbegegnung schildert."
„Ah! Und wie heißt diese Äbtissin?"
„Heloisa."
„Den Namen habe ihn noch nie gehört."
„Gut, dann gebt acht. Stört es Euch, wenn ich dabei liegen bleibe?"

„Ich bitte Euch, in diesem Bett könnt Ihr tun, was Euch gefällt!“

Magnus wandte mir sein schönes Gesicht zu, sah mir tief in die Augen und begann:

„‚Mein Onkel war Kanonikus in der Kathedrale von Paris, und ich wohnte bei ihm im alten Benediktinerkloster hinter der Apsis, die gerade erbaut worden war. Ich war ein wohlerzogenes junges Mädchen, und eines Morgens war ich im Garten und half beim Wäscheaufhängen. Ich hörte, wie man mich vom Bogengang aus rief. Es war mein Onkel Fulbert. Er bat mich, ich möge mich ein wenig zurechtmachen, denn ich sollte eine sehr bedeutende Person kennenlernen. Ich nahm die Schürze ab, band mir das Haar zusammen und lief zum Bogengang. Ich blieb wie angewurzelt vor einem Mann stehen, der aussah, als hätte man ihn in einer Altarnische aufgestellt: feierlich, die Falten des Gewandes wie in Stein gemeißelt, hochgewachsen, mit unbeweglichem Gesichtsausdruck, dem Anschein nach ohne zu atmen ... Er glich den ehrfurchtgebietenden Statuen, die sich im Querschiff der Kathedrale aneinanderreihen. Wie ein Sankt Markus, ein Sankt Isidor sah er aus. Und dabei war es Abaelard, erster Lektor an der Universität.‘“

„Sehr schön, sprecht weiter!“

„‚Was empfindet man vor einer Statue? Nichts. Man betrachtete sie, das ist alles. Ich beugte nicht einmal das Knie, um eine Verbeugung anzudeuten, wie es sich für ein wohlerzogenes sechzehnjähriges Mädchen gehört. Mein Onkel stellte uns einander vor. ›Du weißt gar nicht, welches Glück du hast, liebes

Mädchen. Der Doktor wird bei uns zu Gast sein. Es hat mich Mühe gekostet, doch schlussendlich konnte ich ihn überreden. Er wird im Zimmer zum Kreuzgang wohnen und dir täglich vier Stunden seiner kostbaren Zeit widmen.‹ Mit einem Wort, Onkel Fulbert halste mir diesen gipsernen Evangelisten als Erzieher auf. Achtundzwanzig Stunden pro Woche mit der frisch bemalten Statue eines Theologen. Im günstigsten Fall, sagte ich mir, wird er statt zu sprechen Gregorianische Gesänge psalmodieren, und ehe ich das Wort an ihn richte, werde ich zwei Mal mit dem Räuchergefäß um ihn herumgehen und ihn mit Weihwasser besprengen müssen.'"

„Wunderbar, nur weiter!"

„‚Einige Tage später, als ich zur ersten Lektion ins Zimmer trat, saß er bereits am anderen Ende des langen Tisches. Ich deutete eine Verbeugung an. Er lächelte mir zu. Ich war sprachlos. Die Statue lächelte! Er hatte eine lückenlose Reihe weißer, gerader Zähne. Große, lebhafte Augen mit langen, dichten schwarzen Wimpern. Sie wirkten nicht einmal geschminkt. Und der Mund, die Lippen ... sie bewegten sich, ja, sie bewegten sich tatsächlich ... und aus ihnen drang eine Stimme, die Wörter formte!'"

„Das ist ja hinreißend! Einmalig! Wer zum Teufel hat das geschrieben?"

„Das weiß man nicht, vielleicht Heloisa selbst. Aber vermutlich ein Unbekannter. Soll ich weiterlesen?"

„Unbedingt!"

„‚›Hoffentlich werde ich Euch in diesen vier Stunden nicht allzu sehr auf die Nerven gehen‹, sagte Abaelard.

›Auf die Nerven gehen‹ – so und nicht anders hatte er sich ausgedrückt. Es war nicht die Wortwahl, die man sich vom berühmtesten Doktor der Pariser Universität erwarten würde.

Ich hatte mir auch vorgestellt, dass er näselt und in leierndem Tonfall etwas vor sich hinmurmeln würde … Aber nein, seine Stimme war schön, harmonisch und kräftig. Sieh einer an, was für eine angenehme Überraschung! Dann forderte er mich auf, mich zu setzen. Vor ihm auf dem Tisch lagen keine Bücher. Und ich hatte keine mitgebracht.

›Welche Texte werden wir lesen?‹

›Wir brauchen keine Texte, wir machen Gedächtnisübungen. Zu Beginn werdet Ihr Euch Aufzeichnungen machen …‹

Er sah mich an, als würde er mich eben erst bemerken. ‚Heloisa …‹

›Ja?‹

›So heißt Ihr, nicht wahr?‹

›Ja.‹

›Wie kommt es, dass Eure Eltern Euch diesen Namen gegeben haben?‹

›Das weiß ich nicht, mein Vater und meine Mutter sind früh gestorben. Sie haben mich verlassen, als ich noch in den Windeln lag. Meine Eltern konnte ich nicht mehr fragen, und als ich meinen Onkel fragte, bei dem ich aufgewachsen bin und den Ihr ja kennt, brummte er nur … Es ärgert ihn, wenn ich ihn an meine Eltern erinnere … Er mochte sie nicht.‹

›Wisst Ihr‹, fragte er mich, ›dass Heloisa der Name einer berühmten Königin von Asturien ist, von der es heißt, sie habe sich, ohne seine Herkunft zu kennen, in ihren Bruder verliebt?‹

›In ihren Bruder? Wie kam denn das?‹

›Sie dachte, der junge Mann sei ein Maure.‹

›Ein Maure? Wie ist das möglich?‹

›Er war als Kind bei der Plünderung von León durch Abu-Terif, den *regidor* von Córdoba, gefangen genommen und versklavt worden. Und er, Abu-Terif, nahm ihn zu sich und zog ihn auf wie einen Mauren. Zu alledem hatte das Kind schwarzes und dichtes Kraushaar und eine goldbraune Haut wie seine Großmutter, die aus Málaga stammte. Als Heloisa ihm also begegnete, hörte, dass er Arabisch sprach, und einen Ring in seinem Ohrläppchen entdeckte, konnte sie nicht ahnen, dass seine Eltern Christen waren.‹

Abaelard, der große Doktor der Theologie, hatte sich lächelnd erhoben und mir ein Zeichen gegeben, dass ich ihm in den Kreuzgang folgen sollte, wo er mir im Gehen die zauberhafte Geschichte der lieblichen Königin erzählte, die meinen Namen trug.

Was für ein brillanter Geschichtenerzähler! Er übertraf alle Bänkelsänger, die mir jemals auf Marktplätzen und bei Hochzeitsfesten begegnet sind. An den richtigen Stellen legte er Pausen ein ... änderte von einer Sekunde auf die andere das Tempo ... senkte die Stimme, flüsterte beinahe, und mit einem Mal saß er, mit entsprechenden Gesten seine Erzählung begleitend, auf einem Pferd ... war auf einem Boot ... erklomm den Mastbaum eines Schiffes mit vielen Segeln, zog auch mich auf dieses Schiff ... und gemeinsam flogen wir über die Meere, fortgetrieben von einem starken Wind ...‘“

„Oh mein ... Ahhhh!“

„Oh mein Gott – oder wie?! Seid Ihr etwa eingeschlafen? Meine Monologe haben ja eine schöne Wirkung!“

Mit diesen Worten stieg Magnus aus meinem Bett und kehrte auf das Sofa zurück, löschte das Licht und streckte sich der ganzen Länge nach aus.

Es verstrichen einige Stunden. Der Schlaf hatte uns beide übermannt. Plötzlich jedoch erhellte ein Blitz das Zimmer, gefolgt von einem Donner. Keine Sekunde später ein gewaltiges Krachen, und wir schraken auf.

„Oh mein Gott!“, schrie ich und setzte mich kerzengerade auf. „Was ist los?“

„Nur ein Donner“, meinte Magnus und erhob sich, „ein Gewitter, gleich ist es vorbei.“

Er hatte sich geirrt, Blitze und Donnerschläge folgten einander mit immer gewaltigerem Getöse. Dann brach der Sturm los. Der Regen peitschte heftig gegen die Scheiben. Magnus eilte an die Fenster und schloss die Läden. Ich fing laut zu schreien an. Das Tosen war beängstigend. Jeder Einschlag schien das Haus zu treffen. Der Wind heulte, als wäre das Ende der Welt gekommen. Vor Entsetzen begann ich zu weinen. Da setzte sich Magnus neben mich aufs Bett und versuchte, meine Schreie und Tränen zu besänftigen. Ich drückte mich an ihn und murmelte: „Verzeiht mir bitte, aber Gewitter machen mich verrückt vor Angst.“ Jetzt lagen wir beide eng aneinandergepresst. Donner und Blitze entfernten sich langsam, und ich weinte nur noch ein wenig vor mich hin, bis ich schließlich wieder einschlief.

Der Sturm hielt etliche Tage an. An eine Fortsetzung der Jagd war nicht mehr zu denken. Wegen der unzähligen Kanäle, die der Regen hatte anschwellen lassen, war auch die Rückkehr schwierig und voller Gefahren.

Zurück in Stockholm, erschien nach einigen Tagen Magnus und teilte mir strahlend mit, dass er an der Universität Uppsala mit Erfolg um Urlaub angesucht habe und, sollte das nach wie vor mein Wunsch sein, bereit sei, meinen Unterricht zu übernehmen.

MEINE HERREN, ICH HABE NICHT DIE ABSICHT, MICH ZU VERHEIRATEN

Magnus Gabriel De la Gardie, den Christina auch zum Obersten der königlichen Leibgarde ernannt hatte, begann beinahe sofort mit dem Unterricht. In der ersten Lektion wurde die Entdeckung von Manuskripten antiker griechischer Tragödien behandelt, die im Zug der osmanischen Eroberung des Vorderen Orients verloren gegangen waren. Die Königin genoss die Stunden mit ihrem neuen Lehrer über die Maßen.

Eines Tages jedoch fand Magnus bei seinem Eintreffen im Schloss einen Boten Christinas mit einem Brief vor, in dem es hieß: „Lieber Magnus, die hohen Würdenträger des Hofs laden mich zu einem dringenden Treffen ein, bei dem es um Fragen geht, die keinen Aufschub dulden. Ich bitte Euch, mir in die Reichskanzlei zu folgen. Mein Bote wird Euch begleiten. Herzlich, Christina."

Als er eintraf, befand sich die Königin bereits im großen Saal, in dem sich die Regierungsbeamten versammelt hatten. Sie ging dem Freund entgegen und geleitete ihn zu dem Stuhl, der für ihn bestimmt war.

„Ich habe die Herren bereits von Eurem Kommen unterrichtet und Euch als meinen Berater vorgestellt. Ich lege großen Wert darauf, dass Ihr Euch anhört, was sie mir zu sagen haben."

Hören auch wir zu.

Als Erster ergriff Kanzler Axel Oxenstierna das Wort. „Ich bitte um Verzeihung, wenn ich auf die protokollarischen Formalitäten verzichte, doch es ist dringend nötig, dass unsere hier anwesende Königin zu Belangen Stellung nimmt, auf deren Klärung wir bereits seit Wochen warten. Auf dem Spiel steht die Zukunft des Königreichs Schweden."

Die Königin hob die Hand und schaltete sich in entschiedenem Tonfall ein.

„Ich verzichte ebenfalls auf alle diplomatischen Floskeln und komme, um Euch Peinlichkeiten zu ersparen, Eurer Frage zuvor. Ihr seid hier, um meine Haltung in einer Angelegenheit kennenzulernen, die gewiss von öffentlichem Interesse ist, jedoch, wie Ihr einräumen müsst, in Wahrheit nur mich persönlich betrifft. Ihr verlangt von mir, dass ich mich so schnell wie möglich zu einer Heirat entschließe. Nach einem alten Gesetz kann die Tochter des Königs nur dann regieren, wenn sie einen Mann ehelicht, der den Segen der Kirche hat. Es ist stimmt, dass Ihr und andere Vertreter des Reichsrats mir diesbezüglich bereits etliche Vorschläge unterbreitet habt, nämlich die hübsche Zahl von über dreißig Anträgen, die es verdienen, in Erwägung gezogen zu werden, Anträge von Adligen hoher Abstammung, die bereit sind, die Königin zum Altar zu führen. Kurz gesagt, wenn ich gesetzmäßig den Thron besteigen will, muss ich mir einen Passierschein mit der Aufschrift ‚Ehemann' besorgen. Damit bin ich dann nur zum Schein Königin, der eigentliche Regent ist der Mann, den ich geheiratet habe, also der König. Und was wäre, wenn ich Nein sage? Dass ich nicht will? Ihr würdet wie ein Mann aufstehen und im Chor verkünden, dass es mir das Gesetz nicht gestattet. Doch ich entgegne Euch, dass mein Vater Gustav Adolf, ehe er zu Ehren seines Vaterlands in der Schlacht fiel, in einem letzten Dekret festgelegt hat, dass ich Königin sein kann, ohne verheiratet zu sein. Und warum will sie nicht heiraten, werdet Ihr Euch jetzt fragen. Im allerältesten Gesetz, das Gott selbst erlassen hat, in der Bibel also, steht geschrieben, dass du, Frau, dazu bestimmt bist, deinem Mann als Stütze zu dienen, ihm ohne Widerrede zu gehorchen, ihm die nötigen Kinder zu gebären, bei der Geburt vor Schmerzen zu schreien und sofort danach zu verstummen. Nun, ich bedaure, doch das akzeptiere ich nicht. Dieses Gesetz ist ungerecht, es ist ein infamer Akt der Gewalt gegen die Frau, selbst wenn sie als Königin anerkannt wird. Und der Gipfel der Infamie ist, mir Vorschläge zu machen, mir aber letztlich das Recht zu verweigern, eine Wahl zu treffen. Unter Wahl verstehe ich nämlich nicht, dass ich mir unter denen, die Ihr mir anbietet, den Besten aussuchen darf, sondern dass ich selbst entscheiden kann, mit wem ich mein Leben verbringen will: mit einem Mann also, nicht meinem Herrn. Ich möchte unsterblich in ihn verliebt sein, in seine Stimme, sein Lachen und seinen Körper, wenn ich ihn in meinem Bett umarme. Das heißt, nicht einmal das genügt mir. Was ich ablehne ist die Ehe, wie Ihr sie versteht. Ein Bauer erwirbt das Stück Land, das er bebauen will, erst, nachdem er ein wenig Erde in den Mund genommen, zerkaut und hinuntergeschluckt hat. Am Geruch und am Geschmack erkennt er den Wert des Bodens. Dann bearbeitet er ihn mit Pflug und Hacke, düngt und sät und bewässert ihn und benetzt ihn mit seinem eigenen Schweiß. Und wenn dann alles sprießt und gedeiht, dankt er Gott für seine Großzügigkeit. Nun, in diesem Gleichnis bin ich der Acker, und ich will nicht gepflügt werden, ohne mir den ausgesucht zu haben, der mich mit seinem Pflug bearbeiten soll. Schockiert? Tut mir leid, mehr habe ich nicht zu sagen, und ich beabsichtige auch nicht, Fragen zu beantworten."

Der Kanzler war außer sich vor Wut. „Wie, Ihr geht?", rief er. „Ist das etwa alles?" Und in der Aufregung vergaß er, dass er auf der obersten Stufe einer Treppe stand, machte einen Schritt vorwärts – und kollerte mit einem dumpfen Geräusch hinunter.

Christina drehte sich nicht einmal um und verließ lachend den Saal, gefolgt von Magnus, der verstohlen nach ihrer Hand griff und sie drückte.

Am Morgen nach dieser Szene wollte Magnus mit dem Unterricht beginnen, doch Christina unterbrach ihn schon nach den ersten Sätzen. „Verzeiht", sagte sie, „ich kann Euch nicht in Ruhe zuhören, wenn Ihr mir nicht zuerst sagt, welchen Eindruck meine Rede gestern auf Euch gemacht hat."

„Nun ja, Ihr habt Euch wie ein richtiggehender Sbaramaldo aufgeführt."

„Und wer ist das?"

„Ein Haudegen aus der Commedia dell'arte, ein Draufgänger, der alles kurz und klein schlägt", antwortete Magnus offenherzig. Wie er seid Ihr hereingestürmt und habt diese ganzen Intriganten, die glaubten, sie hätten Euch in der Hand, mit einem gewaltigen Hieb zu Boden gestreckt. Der Plan war ja klar: Wir zwingen sie zu heiraten und schaffen sie uns vom Hals."

„Ganz genau! Ich durfte ihnen nicht einmal Zeit zum Atemholen lassen. Eine Ewigkeit habe ich sie ertragen müssen, jetzt lasse ich mich nicht mehr von ihnen drangsalieren. Sie wollen einfach nicht begreifen, dass ich mein Leben selbst bestimmen will, und wenn ich dabei Irrtümer und Fehler riskiere, Verzweiflung und vielleicht auch Glück, aber immer im Bewusstsein, dass ich für mein Schicksal selbst verantwortlich bin."

„Gerade das schätze ich an Euch. Und die erstaunlichste Stelle in Eurer Rede war für mich die, wo Ihr den Bauern auftreten lasst, der ein Häufchen Erde kostet, um zu sehen, wie sie schmeckt. Und auch diese: ‚Nein, ich werde mich von niemandem wie ein Opfertier behandeln lassen.' Das hat ihnen die Sprache verschlagen. Mir lief dabei ein Schauder über den Rücken, und ich fragte mich: ‚Und wie kommt sie jetzt alleine zurecht, eine junge Frau, die niemand vor diesen schleimigen Politikern beschützt? Diese Dunkelmänner werden alles daransetzen, sie bei einem Fehltritt zu ertappen und sie vor ihren Untertanen als Monster anprangern, als Antichrist, der nur an Fleischeslust und an sich selbst denkt.'"

„Sicher, ich weiß schon, dass sie mich unter der Gürtellinie treffen wollen, um mich zu Fall zu bringen, aber ich habe mir einen Gegenschlag ausgedacht, nach dem sie so hilflos sein werden wie Fliegen auf einer Leimrute."
„Gut gesagt! Und was ist das für ein Gegenschlag?"
„Nein, tut mir leid! Ich bin abergläubisch, und es ist mir lieber, Ihr kommt selbst darauf, wenn es so weit ist. Und jetzt können wir mit dem Unterricht beginnen."

UND AUF HELOISA UND ABAELARD FOLGEN ANGELIKA UND ROLAND

Überlassen wir aufs Neue Christina das Wort:

Ich schlug ein Buch auf, das Magnus auf den Tisch gelegt hatte. Zum Schein las ich, doch in Wirklichkeit fragte ich mich: „Wie soll ich das Feuer löschen, das in meinem Kopf und meinem Herzen für einen Mann entbrannt ist, den ich erst seit ein paar Tagen kenne? Es geht über meine Kräfte, mich noch länger gegen diesen Zauber zu wehren, der mich gefangen hält."
Magnus begann, auf seine Weise eine Stelle aus Ariosts *Rasendem Roland* zu erzählen. Ich hatte noch nie von diesem Versroman gehört und zwang mich, seinen Worten zu folgen.
Die Stelle spielt mit einem Missverständnis. Die sanfte Angelika, Tochter des Herrschers über den Orient, des Königs von Cathay, hat sich in Medor, einen jungen sarazenischen Krieger verliebt; sie geht durch den Wald und spricht laut mit sich selbst, ohne zu bemerken, dass sich Roland – Ritter und Paladin im Dienst Karls des Großen und seinerseits rasend in Angelika verliebt – hinter einem Baum versteckt hält. Angelika preist die Verdienste Medors, der möglicherweise noch nichts von ihrer Leidenschaft

bemerkt hat: „Wer weiß, vielleicht sollte ich mich dazu entschließen, ihm zu sagen: ‚Mein Ritter, ich bin verrückt vor Liebe zu Euch. Ich begegne Euch in meinen Träumen, ich begegne Euch, wenn ich in der Burg umherstreife, sogar wenn ich esse, seid Ihr bei mir. Ich küsse Euch.'"

Während Magnus vom Irrtum Rolands erzählte, der sich einbildete, die wunderschöne Angelika spräche von ihm, merkte ich, dass ich ihm gar nicht mehr zuhörte. Ich sah seine Hände an, mit denen er die Helden dieser Liebesgeschichte beschrieb, die er in die Luft zeichnete. Ich war verwirrt – nicht von der Geschichte, sondern von seinem Gesicht, seinem Mund, seiner Stimme, und leise ging ich auf ihn zu. Seine Augen waren halb geschlossen, und er merkte nicht, dass ich so nah vor ihm stand. Da presste ich meinen Mund auf seinen und hinderte ihn am Weitersprechen. Er berührte mich mit der Hand im Nacken und zog mich an sich. „Danke, dass Ihr mich unterbrochen habt", sagte er nur. Ich spürte, wie er mich aufhob und auf den großen Tisch legte. Ich weiß nicht mehr, worüber wir sprachen, wir redeten und hörten einander zu, unterbrochen von langen Pausen. Zum ersten Mal erlebte ich den Zauber, einen Mann zu lieben.

Wie lange blieben sie, Seite an Seite, so liegen? Wir können es nicht wissen. Haben sie sich endlich geliebt? Jedenfalls hatten sie nicht einmal wahrgenommen, dass nach Stunden die Sonne untergegangen und es im Zimmer dunkel geworden war. Doch es wird erzählt, dass in diesem Moment ein Mädchen mit einem Flämmchen auf einer Stange eintrat, um die Kerzen auf dem großen, von der Mitte der Decke herabhängenden Leuchter anzuzünden. Wie aus einem Traum aufgeschreckt, schrien Magnus und Christina auf. Das Mädchen stammelte eine Entschuldigung und wollte schon gehen, doch die Königin hielt sie zurück. Sie suchte die auf den Boden gefallenen Kleidungsstücke zusammen, und das tat auch Magnus, der sich, so gut es in der Eile ging, anzog und das Zimmer verließ. Christina ließ sich beim Ankleiden von dem Mädchen helfen.

„Verzeiht, dass ich Euch gestört habe, Majestät", sagte die Ärmste, „aber ich bin gekommen, um Euch eine eilige Botschaft zu überbringen."

Da erst erkannte Christina sie: „Du bist doch meine Cousine Euphrosine!"

„Ja", antwortete das Mädchen, „ich bin seit ein paar Tagen Eure Kammerzofe, aber das ist Euch gar nicht aufgefallen."

„Was wolltest du mir sagen? Was ist passiert?"

„Eurer Mutter geht es nicht gut, sie hat mich hergeschickt, um Euch zu sagen, dass sie Euch sehen will."

„Wo ist meine Mutter jetzt?"

„Auf ihrem Schloss."

„Geh hinunter in den Marstall und lass anordnen, dass man sofort ein Pferd für mich sattelt, ich komme gleich nach."

Einen Augenblick später lag das Zimmer leer da. Geblieben war nur das Licht des Leuchters, der von der Decke herabhing.

DIE WIEDERGEFUNDENE MUTTER

Begleitet von zwei berittenen Offizieren eilte Christina zum Schloss ihrer Mutter. Sie stieg hastig die Stufen zum ersten Stock hinauf, da sie dachte, sie würde sie wie gewöhnlich auf dem Bett ausgestreckt vorfinden, so, wie sie sich vor Jahren von ihr verabschiedet hatte. Stattdessen kam sie die Treppe herab und ging Christina strahlend und mit ausgebreiteten Armen entgegen.
„Oh, Mutter, welche Erleichterung! Ich fürchtete, Euch sei etwas zugestoßen."
„Nein, es geht mir gut, liebe Tochter, und ich bin glücklich. Ich habe von deiner Rede vor dem Reichsrat gehört und wollte dir so schnell wie möglich sagen, dass du fulminant warst."
„Was ist mit Euch los, Mutter? Macht Ihr Euch über mich lustig?"
„Nein, ich habe eingesehen, was ich in all den Jahren falsch gemacht habe. Ich war furchtbar eifersüchtig, weil der König dich so maßlos liebte. Ich fühlte mich ausgeschlossen, verstand es nicht. Du tust gut daran, mit aller Entschiedenheit dagegen anzukämpfen, dass man dich wie eine Marionette auf den Thron setzt und je nach den Erfordernissen der Hofpolitik an den Fäden zieht."
Und überglücklich fielen die beiden sich in die Arme.

„Bleib zum Essen hier, ich bitte dich, zumindest dieses eine Mal. Ich habe dir so viel zu erzählen, von mir und auch von deinem Vater. Du weißt beinahe nichts über unser Leben, kennst nur die Tragödien und die schrecklichen Kriege."

„Gewiss will ich Euch zuhören, Mutter, und auch ich selbst habe das Bedürfnis, Euch alles über mich zu erzählen."

So blieben die beiden Damen zusammen, und dabei entdeckte die eine, dass sie eine großmütige und überaus menschliche Mutter hatte, und die andere, dass ihre Tochter ganz anders war als die Frau, über die man tuschelte: Christina war stolz und begabt wie nur wenige andere.

Sie verbrachten eine volle Woche zusammen.

Als Christina in ihr Schloss zurückkam, wurde sie von ihrem Lehrer erwartet, der ihr entgegenkam und sie ohne Rücksicht auf die Umstehenden umarmte.

„Jeden Morgen bin ich hergekommen und habe auf deine Rückkehr gewartet. Und ich bin glücklich zu erfahren, dass deine Mutter wohlauf ist."

„Ja, es war eine wunderbare Zeit, so schön und wichtig für uns beide, dass wir beinahe auf den Rest der Welt vergessen haben."

Wenige Schritte von ihnen entfernt stand Euphrosine. Christina betrachtete ihre Cousine zum ersten Mal aufmerksam und rief aus: „Du bist ja wunderschön! Sogar in dieser Kammerzofen-Aufmachung. Geh gleich in mein Zimmer und such dir aus, was dir am besten gefällt!"

Als sie allein waren, meinte Magnus: „Es war ein Glück, jeden Tag deine Cousine hier zu haben. Freilich ist es wie in einer Komödie ..."

„Was?"

„Die Tatsache, dass ich dein Cousin bin und sie deine Cousine ist. Und ich habe an diesem Hof mehr oder weniger überall noch mehr Verwandte gesehen."
Und Christina: „Irre ich mich, oder gefällt Euphrosine auch dir?"
„Ja, das stimmt, ich habe in ihr eine bewundernswerte, bescheidene, intelligente und gebildete Frau kennengelernt, die es verdienen würde, an der Universität Uppsala zugelassen zu werden. Aber dürfen Frauen denn studieren?"
„Das freut mich, lieber Magnus. In einer anderen Situation hätte ich dir vielleicht eine Eifersuchtsszene hingelegt, die alle Palastwachen alarmiert hätte. Aber nicht in diesem Fall ... Ihr beide seid so offen und aufrichtig, dass mir jede Lust auf einen Wutanfall vergangen ist."

MAGNUS BLEIBT FÜR IMMER EIN FREUND

Am Tag darauf lud Christina Magnus zu einer Treibjagd auf Wildschweine ein. Ihr junger Lehrer sagte begeistert zu. Begleitet wurden sie von einigen mit Lanzen und Schleudern bewaffneten Kavalieren. Unglücklicherweise hatten die Treiber zu viele Tiere auf einmal den berittenen Jägern entgegengetrieben, die es urplötzlich mit fünf, sechs oder mehr Wildschweinen gleichzeitig zu tun hatten. Die Tiere waren entschlossen, ihre Haut teuer zu verkaufen, und ein Keiler von enormen Ausmaßen attackierte Christinas Pferd. Von dem wild gewordenen Wildschwein am Knie verletzt, stürzte es und riss Christina mit sich zu Boden, begrub sie aber zum Glück nicht unter seinem Körper. Zwei weitere Wildschweine rasten auf sie zu, während sie versuchte, sich an einem Ast in die Höhe zu schwingen. Doch schon war Magnus bei ihr angelangt, spießte eines der beiden Wildschweine auf und durchbohrte es, aber da wurde er an seiner Lanze in die Luft geschleudert und landete in einem Graben, in dem ein Wilderer eine riesige Falle aufgestellt hatte. Sie schnappte zu, und die eisernen Zähne gruben sich in Magnus' Schulter. Die übrigen Jäger waren damit beschäftigt, die Wildschweinherde in die Flucht zu schlagen, Christina

jedoch eilte zu Magnus und sah, wie tief die Zähne in sein Fleisch eingedrungen waren. Sie wandte sich den Reitern zu und schrie: „Schnell! Holt einen Schmied und einen Wundarzt, wir haben keine Sekunde zu verlieren. Wir können ihn nicht herausziehen, weil mindestens zwei oder drei Widerhaken im Brustkorb stecken, die Falle muss zerlegt werden."
Mit diesen Worten zerriss sie ihr Kleid und verband Schultern und Brust des Verletzten, um die Blutung einzudämmen.
Magnus hatte Mühe zu sprechen und flüsterte Christina ins Ohr: „Ich bin übel zugerichtet, stimmt's? Ich weiß nicht, ob ich es schaffen werde. Wenn nicht, sag Euphrosine, dass ..." Er konnte nicht weitersprechen. Blut floss ihm aus dem Mund.
Wundarzt und Schmied kamen früher als erhofft, und der Schmied konnte das Problem lösen. Er hatte eine große Zange und eine Eisensäge mitgebracht. Mit unglaublichem Geschick gelang es ihm, die Falle zu zerstückeln, dann verband der Arzt die Wunden und brachte die Blutung gänzlich zum Stillstand.
Noch am selben Abend kam Magnus wieder zu sich. An seiner Seite saß Christina, die ihn keinen Augenblick allein gelassen hatte. Unwillentlich hatte er ihr seine Liebe zu Euphrosine gestanden, und die Königin war ganz verstört.
Als Magnus die Augen aufschlug, sagte er mit schwacher Stimme: „Wärst du nicht rechtzeitig da gewesen, Christina, wäre ich jetzt tot."
„Dass du am Leben bist", erwiderte sie, „ist für mich das größte Geschenk, seit ich auf der Welt bin."

Einige Monate darauf, im Frühjahr 1646, erfuhr Magnus, der sich mittlerweile völlig erholt hatte, dass Christina ihn zum außerordentlichen Gesandten in Frankreich ernannt hatte. Der Kanzler, wie üblich dagegen, erklärte unverblümt, dieser Auftrag sei ganz und gar überflüssig. „Wir brauchen keine weiteren Vertreter in Frankreich, da wir ja schon zwei dort haben!"

Und Christina: „Nun, dann lasst die beiden beurlauben, das haben sie sich verdient. Magnus wird in Kürze nach Paris abreisen."

Dem frisch ernannten Botschafter entging nicht, dass seine Ernennung auch dazu dienen sollte, ihn von Euphrosine fernzuhalten und das Liebespaar daran zu hindern, eine endgültige Verbindung einzugehen, doch er ließ sich nichts anmerken und willigte ein.

Um dem Auftrag mehr Glanz zu verleihen, sorgte Christina dafür, dass der Botschafter in Paris über eine vierspännige Kutsche aus Gold und Silber, ein Geleit von hundert Hofleuten und eine große Zahl von Bediensteten verfügen sollte. Mehrmals zögerte die Königin Magnus' Abreise hinaus; ihre Vertrauten, die allen Gerüchten über ihr Verhalten den Boden entziehen wollten, dachten, Magnus könnte die Königin doch noch heiraten, obwohl er mittlerweile mit ihrer Cousine verlobt war. Eines jedoch war klar: Christina hatte sich zu einer unabhängigen Herrscherin entwickelt. Am schwedischen Hof bestimmte nun die Königin, nicht mehr Axel Oxenstierna.

Einige Historiker sind der Auffassung, Christina habe sich nach der Abreise von Magnus in ein Zimmer eingeschlossen und bitterlich geweint. Mir aber gefällt eine andere Erzählung besser.

Als Magnus auf einem königlichen Schiff in See stach, um Calais an der französischen Küste zu erreichen, wo ihn seine prunkvolle Kutsche erwartete, nahm Christina im großen Saal des königlichen Schlosses an einem schon vor Monaten geplanten Konzert teil. Ein vor Jahren von Claudio Monteverdi gegründetes Orchester sollte Kompositionen spielen, die er Katharina von Medici gewidmet hatte.
Ostentativ begab sich Chsistina zu ihrem Stuhl in der königlichen Loge, drehte ihn um, setzte sich wie gewöhnlich breitbeinig nieder und stützte die Arme auf die Stuhllehne. Der erste Satz war kraftvoll, dann folgte ein von den Geigen und Flöten dominiertes Largo. Die Königin brach in Tränen aus und schluchzte so laut, dass sich der ganze Saal nach ihr umdrehte. Das Publikum applaudierte bewegt.
In Paris wurde der junge Botschafter protokollgemäß kurz nach seiner Ankunft von Kardinal Mazarin, dem großen Dirigenten der Politik des Sonnenkönigs, und dessen Hofstaat empfangen. Einige Chronisten versichern, dass Magnus, einzig und allein, um die krankhafte Neugier der mächtigen Herren zu befriedigen, die Königin von Schweden mit folgenden Worten beschrieb: „Meine Königin ist eine außergewöhnliche Herrscherin, hochgebildet, aber nicht eben sehr weiblich. Um die Wahrheit zu sagen, ähneln ihre Neigungen nur wenig denen einer Frau.“ Eine alles andere als noble Äußerung, ausgerechnet aus dem Mund ihres Repräsentanten in Frankreich, eines Mannes noch dazu, der ihr so viele Aufmerksamkeiten und Zugeständnisse verdankte. Doch auch in diesem Fall frage ich mich:

Entsprechen diese Worte der Wahrheit? Konnte sich ein vornehmer und zurückhaltender Edelmann wie Magnus zu einer dermaßen groben Geschmacklosigkeit hinreißen lassen? Und das Ganze, um einem Mazarin den Anlass zu einem höhnischen Lächeln zu liefern, einem Staatsmann, dem mit größter Vorsicht zu begegnen war? Ich persönlich habe da meine Zweifel. Ganz abgesehen davon, dass seine Bemerkung mit Leichtigkeit der Betroffenen zu Ohren kommen konnte, womit die Karriere des jungen Botschafters wohl ebenso beendet gewesen wäre wie seine Freundschaft mit der Königin.
Nach einigen Monaten kehrte Magnus, dem die Nachricht von seinem recht großen diplomatischen Erfolg vorausgeeilt war, nach Stockholm zurück. Er wurde von seiner Verlobten Euphrosine erwartet, die ihm um den Hals fiel und ihn stürmisch küsste. Natürlich war die Königin bei diesem Wiedersehen nicht dabei, doch am Tag, als ihr die beiden Liebenden ihre baldige Hochzeit ankündigten, erhob sie sich, ging der jungen Frau entgegen und umarmte sie. Dann erklärte sie strahlend: „Meine Liebe, hiermit übergebe ich dir das Wertvollste, was ich besitze, sei glücklich!“
Christinas Aufmerksamkeit wandte sich bald schon anderen zu und konzentrierte sich schließlich auf die schöne Ebba Sparre, von der schon die Rede war, was dem Klatsch bei Hof nicht weniger Nahrung bot als ihr Verhältnis zu Magnus.

DESCARTES AM SCHWEDISCHEN KÖNIGSHOF. ZWISCHEN COMMEDIA DELL'ARTE UND KRÖNUNGSFEIERLICHKEITEN

Unterdessen hatte Christina ihre geliebten Studien wieder aufgenommen, vor allem die philosophischen und die naturwissenschaftlichen. Sie hatte den Universalgelehrten René Descartes überredet, sie in Stockholm aufzusuchen, womit sie sich den Traum erfüllte, aus seinem Mund all das zu erfahren, was sie noch nicht hatte lernen können.

Während Christinas Regentschaft stieg ihr Hof zu einem der gebildetsten und feinsinnigsten in ganz Europa auf; Stockholm galt geradezu als Athen des Nordens. Die Königin wollte den berühmten niederländischen Rechtsgelehrten, Philosophen und Schriftsteller Hugo Grotius zum Bibliothekar bestellen, doch dieser starb auf seiner Heimreise in Ostende. Sie korrespondierte mit dem französischen Philosophen, Theologen, Mathematiker, Astronomen und Astrologen Pierre Gassendi. Blaise Pascal machte ihr eine seiner Erfindungen, die „Pascaline" genannte Rechenmaschine zum Geschenk, eine Vorläuferin unserer modernen Rechner.

Einer ihrer besten Freunde, der französische Botschafter Pierre Chanut, vermittelte Christina 1646 den Briefkontakt zu Descartes, der ihr ein Exemplar seiner *Meditationen über die Grundlagen der Philosophie* schickte.

Wiederholt lud sie ihn nach Schweden ein, bis er ihrer Aufforderung schließlich im Jahr 1649 Folge leistete. Während am Hof die Vorbereitungen für den festlichen Empfang des Philosophen getroffen wurden, traf aus Frankreich eine italienische Theatertruppe ein, die in jedem Winkel Europas überwältigende Erfolge feierte. Endlich konnte sich Christina einen weiteren ihrer Wünsche erfüllen: Aus nächster Nähe den Zauber der Komödianten zu erleben, die aus dem Stegreif spielten und sich verständlich machten, indem sie so taten, als sprächen sie alle Sprachen dieser Erde, einschließlich derer, die es gar nicht gibt.
Die Schauspieler machten der Königin ein unerwartetes Geschenk: Sie führten ein Stück einzig und allein für sie auf, eine Farce, in der im Gewand der Allegorie auch von ihr selbst und einigen Ereignissen aus der jüngsten Vergangenheit die Rede war. Diskret und nur andeutungsweise, wie sich versteht.
Aber halten wir inne und sehen uns das Stück gemeinsam mit Christina an. Die Schauspieler sind bereit, sie kommen auf die Bühne, die Vorstellung beginnt.

Isabella, eine junge Witwe von unvergleichlicher Schönheit, ist in Lindoro verliebt. Doch auch der alte Kaufmann Pantalone, dessen Vater, ist über beide Ohren in sie vernarrt und tut alles, um ihre Gunst zu gewinnen. Leider weicht sein Sohn nicht von der Seite der Geliebten. Um dieses Hindernis zu beseitigen, beschließt Pantalone, Lindoro zum Studium an die Universität von Bologna zu schicken, das von Neapel, wo die Familie lebt, einige Tagreisen zu Pferde entfernt ist.

„Ist das etwa eine Anspielung auf Magnus?“, fragt Christina so leise, dass kein Außenstehender es hören kann.
„Aber ja, Majestät“, erwidern die Schauspieler, „auf Magnus und seine Entsendung nach Paris.“
„Na gut, aber geht mir nicht zu weit, ich habe keine Lust, auf Dauer als Pantalone dazustehen!“

Die beiden Liebenden sind untröstlich, doch da tritt Brighella auf den Plan, der Spielmacher, der die Lage retten soll. Er eröffnet Isabella, dass er eine phänomenale Hexenmeisterin kennt, die im Besitz eines Zaubertranks ist, der das Problem lösen könnte. Es kommt nur darauf an, sich den Trank zu verschaffen und dann Pantalone dazu zu bringen, ein Glas davon zu trinken. Unweigerlich wird der alte Kaufmann *ipso facto* seine Leidenschaft für Isabella vergessen und sich an ihrer statt hoffnungslos in die erstbeste Frau verlieben, die auf die Bühne kommt und an ihm vorbeispaziert.

„Wunderbar!“, ruft Christina und klatscht Beifall. „Ich weiß, auf wen ihr mit Brighella anspielt. Auf meinen Reichskanzler, diesen gerissenen Gauner, der meine gesamten Regierungsgeschäfte in der Hand hat!“
Und die Schauspieler: „Ganz genau, der ist gemeint!“

Gesagt, getan. Als alle Beteiligten das Glas erheben und auf den jungen Mann anstoßen, der nach Bologna aufbrechen soll, schluckt der ahnungslose Pantalone den Zaubertrank, und alles wendet sich zum Guten. Er hat sein Glas noch nicht geleert, und schon sieht der Unglücksvogel, wie eine Frau an ihm vorübergeht. Doch ach! Nicht irgendeine Frau ... Es ist Arlecchino, der sich Frauenkleider angezogen und eine Perücke aufgesetzt hat, um in der Küche einen Rinderbraten zu stibitzen. Kaum kommt er an dem verwunderten Pantalone vorbei, als dieser die Arme in die Höhe reißt und einen Freudenruf ausstößt: „Sie ist es, die Frau, von der ich immer geträumt habe!“ Und damit packt er Arlecchino, drückt ihn an seine Brust und bedeckt ihn mit Küssen.

„Halt, aufhören!“, ruft Christina aufgebracht: „Diese Anspielung geht zu weit. Pantalone bin doch wohl immer noch ich, und in Arlecchino verliebe ich mich ganz bestimmt nicht! Allerdings, im Grunde finde ich die Idee gar nicht übel, so einen Komödianten hatte ich unter meinen Liebhabern noch keinen! Also spielt ruhig weiter!“

Das Problem ist gelöst, wenn auch auf einigermaßen groteske Weise, Isabella und ihr junger Geliebter können sich wieder ungestört ihrer Romanze hingeben. Arlecchino jedoch will von der seinen nichts wissen. Verzweifelt versucht er, sich den leidenschaftlichen Annährungsversuchen des liebestollen Kaufmanns zu entziehen, der noch dazu sein Dienstherr ist, und um den ständigen Umarmungen und immer unverschämteren Avancen zu entgehen, klettert er auf einen der Bäume im Garten. Brighella entdeckt ihn im Laubwerk, wo er wie ein Äffchen auf einem Ast kauert. Er klettert ebenfalls auf den Baum, bis er Arlecchino erreicht hat. „Keine Angst, ich bin es, dein Gefährte, und ich komme aus eigenem Antrieb, weil ich nicht begreife, wieso du so entsetzt über etwas bist, worüber du dich doch maßlos freuen müsstest!“

„Maßlos freuen? Kannst du dir vorstellen, was es heißt, von einem abscheulichen Alten drangsaliert zu werden, der mich überall betatscht und dabei Liebesschwüre winselt, der mich ununterbrochen küsst, beißt und in die Hinterbacken kneift? ‚Du, Arlecchina, bist das schönste Geschöpf auf der Welt! Lass mich die Rosen pflücken, die dir aus allen Poren wachsen!‘“

„Du hast ja recht“, gibt Brighella zu. „Dieses Getue ist ein bisschen unangenehm, ich verstehe, dass es dir lästig ist. Aber du vergisst, welche Aussichten du dir ruinierst, wenn du dich dermaßen wehrst.“

„Und welche Aussichten sollen das sein? Mit ihm ins Bett zu gehen? Mich ihm auf allen Vieren auszuliefern?“

„Ja, auch das, wenn es nicht anders geht. Aber zum Ausgleich wärst du dann jemand, den du dir gar nicht vorstellen kannst: ein reicher Signore! Hast du daran nicht gedacht?“

„Red keinen Unsinn! Weißt du, was ich dann wäre? Eine einfache Hure! Und ich, so leid es mir tut, ich habe meine … wie sagt man … meine Würde. Zumindest will ich so tun.“

„Geschwätz! Pures Geschwätz! Was bist du? Schau dich doch an. Ein Dienstbote der niedrigsten Kategorie. Ein Hampelmann, den jeder mit Füßen tritt: Arlecchino, da komm her, dort geh hin, komm herauf, geh hinunter! Ein armer Schlucker, ein Habenichts, ein Tier. Das bist du wirklich, und du kommst mir mit deiner Würde, du mit deinem ständigen Hunger, der immerzu auf der Suche nach einem Stück Brot, einem Rest Stockfisch umherstreunt. Ist dir klar, was du dir da entgehen lässt? Dein Herr ist nur zu bereit, dir zu geben, was immer du willst, und als Gegenleistung verlangt er nur, dass er dich von Zeit zu Zeit am Hintern packen darf und du womöglich ein bisschen stöhnst ..."

„Nein, nein, ich kann nicht!"

„Versuch es doch! Millionen arme Teufel wären gern an deiner Stelle: jeden Tag genug Essen, in einem Bett schlafen statt auf einem Strohsack voller Flöhe, wie ein Mensch behandelt werden und nicht wie ein Esel, dem man Lasten aufbürdet, bis er zusammenbricht!"

Also schön und gut, Arlecchino nuschelt etwas Unverständliches vor sich hin und ist bereit, sich eine Zeit lang auf diese strapaziöse Speichelleckerei einzulassen. Schnurstracks wird er von Pantalone mit sagenhaften Geschenken belohnt, einem Kleid mit Rüschen und Bändern, ja, einem Paar Schuhe mit hohen Absätzen, auf denen er wie ein betrunkener Pfau durch die Gegend torkelt. Dazu Geld und wertvolle Gegenstände. Und, kaum zu glauben, Arlecchino hat zum ersten Mal in seinem Leben ein Pferd, gesattelt und gezäumt, fügsam und elegant, sodass viele Leute, an denen er vorbeireitet, den Hut abnehmen und ihn Signore nennen, pardon, Signora.

Isabella und Lindoro lassen Brighella zu sich kommen und fallen förmlich über ihn her: „Was ist dir denn da eingefallen? Hast du Arlecchino überredet, dass er sich zu seinem eigenen Kuppler macht?“

Und Isabella: „Was für ein widerwärtiger Anblick, wenn sich die beiden in den Armen liegen und sich küssen und liebkosen!“

Darauf Brighella: „Na ja, es mag ein Skandal sein, aber das Entscheidende ist doch, dass alles unter uns bleibt.“

„Ja“, unterbricht ihn Lindoro heftig, „aber was keiner vorhersehen konnte, ist die Tatsache, dass mein Vater dieses Schlitzohr mit Geschenken überhäuft. Ist euch klar, dass Arlecchino, wenn das so weitergeht, bald der wahre Herr im Hause ist, und dass er sich vor allem meine gesamte Erbschaft unter den Nagel reißen wird?“

Brighella, nun selbst bestürzt: „Daran habe ich nicht gedacht. Ihr habt recht, da muss ein neues Zaubermittel her.“

„Und was soll das für ein neues Mittel sein?“

„Mehr oder weniger dasselbe wie das erste, nur dass wir dieses Mal besser darauf achten müssen, wer vorbeikommt, wenn er es trinkt.“

„Also soll Arlecchino durch jemand anderen ersetzt werden?“

„Genau, und der Tausch wird noch heute Abend stattfinden.“

Und damit sind wir bei der letzten Szene angelangt. Als Anlass dient Pantalones Geburtstag. Alle stehen mit gefüllten Pokalen bereit. Hinter einem Vorhang versteckt, hat Arlecchino die Planung des Komplotts mit angehört, und mir nichts, dir nichts katapultiert er sich mit einem Salto auf die Bühne: „Ach so ist das!

Und ich soll in Ruhe mit ansehen, wie ich vom Spiel ausgeschlossen werde? Aus und vorbei mit den Festivitäten, den Geschenken und nur noch Fußtritte?"
Hier schaltet sich Isabella ein: „Arlecchino, du weißt, dass ich dir als Einzige in diesem Haus stets mit Respekt und Zuneigung begegnet bin."
„Das stimmt, Signora, aber was wollt Ihr damit sagen?"
„Dass ich diese Posse, die du spielen musst, nicht mehr ertrage. Ein Mann darf nicht so tief sinken, dass er seine Würde verkauft."
„Na sowas! Von Würde habe zuallererst ich geredet, und jetzt sage ich, dass ich darauf pfeife, auf die Würde. Sag es ihr doch selbst, Brighella! Als Mensch gilt man nur, wenn man von seiner Umgebung respektiert wird, und mit Respekt behandeln die Leute nur jemanden, der nicht betteln gehen muss, der schöne Kleider anhat, der isst, wann es ihm passt, der schläft, wann es ihm passt, der ins Bett geht, mit wem es ihm passt, nur dann wird er respektiert!"
In diesem Augenblick erscheint Pantalone und greift nach dem letzten Glas, in das Brighella eben den Zaubertrank eingeschenkt hat. Aber Arlecchino ist schneller, reißt ihm das Glas aus der Hand und schreit: „Nein! Ehe ich zulasse, dass der Signor Pantalone aus seinem Zauber erwacht, trinke ich das Gebräu selbst, in einem einzigen Zug! Komme, was wolle!"
Doch Brighella: „Nein, tu es nicht, Arlecchino, du musst wissen, dass du dich sonst unweigerlich in die erstbeste Kreatur verliebst, die dir unter die Augen kommt!"

„Und wenn schon, mir genügt es, wenn ich nicht durch euch wieder zu dem Habenichts werde, der ich früher war!" Und mit diesen Worten leert er den Pokal bis auf den letzten Tropfen.

In diesem Moment erscheint auf der Bühne eine meckernde Ziege. Arlecchino hat soeben sein Glas ausgetrunken, sieht die Ziege – und schon fällt er über sie her, schließt sie in die Arme und ruft voller Freude: „Mein anbetungswürdiges Geschöpf! Wo warst du bloß? Seit Jahren habe ich dich gesucht, du Zarte, du Süße! Stoßt alle an, stoßt an auf unsere Liebe, die gewiss das ganzes Leben dauern wird!"

Christina springt auf und macht sogar ein paar Tanzschritte: „Großartig! Ihr wart brillant! So und so oft hatte ich Lust, euch zu unterbrechen, aber dann hatte ich Angst, eine der Allegorien zu verpassen. Du meine Güte! Scharenweise habt ihr sie auftreten lassen! Einen nach dem anderen habe ich sie erkannt: Pantalone, Lindoro, ganz zu schweigen von Arlecchino! Ich bin so außer mir, dass ich nicht weiß, ob ich lachen oder weinen soll! Gut möglich, dass ich mich zu guter Letzt ebenfalls in eine Ziege vernarre und ihr treu bleibe bis ans Ende meiner Tage!"

Schauspieler, Tänzer, Artisten, Maler, Architekten, Philosophen, Naturwissenschaftler, Schriftsteller: Im siebzehnten Jahrhundert verkehrten am schwedischen Hof einige der wichtigsten Vertreter der Kultur ihrer Zeit. Doch die herausragendste Persönlichkeit, die Christina auf ihr Schloss einladen konnte, blieb Descartes.

Der Philosoph und Naturwissenschaftler hatte sich aus dem besorgniserregenden Klima in Frankreich nach Holland geflüchtet, wo er geschützt vor der Inquisition, aber bedrängt von der unduldsamen Strenge der Calvinisten arbeitete. Im Dörfchen Egmond an der Nordküste hatte er ein wenig Ruhe gefunden, traf sich nur mit seinen Freunden und weigerte sich, neue Werke zu veröffentlichen. Er wollte nicht nach Schweden aufbrechen, „mit den Felsen dort, dem Eis, den Bären", und er wusste, wie beschwerlich die Reise sein würde. Doch Christina behielt das letzte Wort: Sie ließ ihn von einem kleinen Reitertrupp abholen.
Sechs Tage dauerte die Reise, zu Wasser und zu Land. Descartes kam erschöpft in Stockholm an und musste sich einige Tage erholen, bevor er die Königin treffen konnte, die ihn schon ungeduldig erwartete. Christina hatte sich eine würdevolle Berühmtheit mit vornehmen Manieren vorgestellt, stattdessen präsentierte sich vor ihr ein kleiner, unbeholfener Mann. Nach der ersten Enttäuschung jedoch fanden sie bald großen Gefallen aneinander. Descartes war beeindruckt von Christinas Französischkenntnissen, ihrem wachen Verstand, ihrer Großzügigkeit. Christina hingegen faszinierte die Vielseitigkeit ihres Lehrers, sie staunte über seine vorurteilsfreien Kommentare zu vergangenen und gegenwärtigen Ereignissen. Beider Interessen hatten sich im Lauf der Zeit verschoben oder, im Gegenteil, noch intensiviert. Christina zum Beispiel fühlte sich immer stärker zum Griechischen hingezogen, während Descartes sich für das Studium der Alten nicht sonderlich interessierte, war er doch überzeugt, Gewissheit könne nur durch die

Zerstörung der alten Gedankengebäude erlangt werden, um dann auf einem stabilen Fundament ein neues, tragfähiges errichten zu können. Die Königin aber fesselten auch weiterhin die Schriften des großen Philosophen, die auf ein abgesichertes Wissen erst vorauswiesen, wie auch die Überlegungen, die er zu einer „vorläufigen" Moral und die Körperwelt angestellt hatte, bis Studium und Forschung zu sicheren Ergebnissen führen würden. Unterdessen wurde der Unterricht im Schloss fortgesetzt.

Zur selben Zeit fanden die Vorbereitungen für die Feierlichkeiten zum Geburtstag der Königin statt. Als sie Descartes darüber berichtete, reagierte er mit einer Mischung aus Skepsis und Ironie. Der einzige Zweck des Rituals – der feierlichen Zeremonie mit den musikalischen Darbietungen, Tanzvorführungen, Paraden und Festessen, gefolgt von Belustigungen aller Art und einem großen Feuerwerk –, der einzige Zweck dieses Rituals bestand in seinen Augen darin, die Macht des Königshauses zu festigen. „Die römischen Senatoren", meinte er, „standen dem Prinzip des *panem et circenses* zur Aufrechterhaltung der öffentlichen Ordnung immer mit Verachtung gegenüber, doch die kulturellen Eliten wussten sehr wohl, dass das Volk ohne diese blutigen und berauschenden Spektakel nicht freiwillig gehorchen und die Machthaber stürzen würde."

Christina erwiderte: „Sicher sind Siegesfeiern wesentlicher als Gerechtigkeit und Freiheit, sonst wäre es unbegreiflich, dass unterdrückte Völker immer wieder Tyrannen duldeten, die Arenen für fünftausend Leute erbauen ließen und ein Kolosseum für zehntausend verblendete Zuschauer."

Darauf Descartes: „Genau. Wie die alten Griechen sagten: Wenn ein Mächtiger es nicht versteht, seine Untertanen zu blenden, ist er ein Tor, der zum Scheitern verurteilt ist. Daher bin ich sicher, dass Ihr, Hoheit, ohne Skrupel auf gehobenen Stil und Eleganz Eurer Zeremonie verzichten werdet. Es heißt, Cäsar sei von den eigenen Freunden nicht deshalb ermordet worden, weil er die Republik abschaffen und ein Kaiserreich errichten wollte, sondern weil er es nicht verstand, bei seinen Triumphzügen die Menge vor Begeisterung zum Grölen zu bringen."

Zwischen dem Studium des Griechischen, den Balletten und Theateraufführungen, ihrer geliebten italienischen Malerei, den Staatsgeschäften und den Verpflichtungen bei Hofe fand Christina immer weniger Zeit für den Philosophie-Unterricht, sodass sie sich gezwungen sah, die Lektionen dreimal pro Woche um fünf Uhr morgens anzusetzen. Es war Januar, der kälteste Monat eines außergewöhnlich kalten Jahres in einem eiskalten Jahrhundert. Descartes war es gewohnt, seine Vormittage im Bett zu verbringen, in einem mit seinem berühmten Ofen gut geheizten Zimmer, wo er bei jedem Wetter lesen und seinen Studien nachgehen konnte. Wirksamen Schutz vor Kälte hatte er sich auch in Schweden erhofft. Doch es kam anders: Die Bibliothek der Königin war nicht geheizt, und in ihrer Gegenwart musste der Philosoph mit bloßem Haupt ausharren. Als Ergebnis zog er sich eine Lungenentzündung zu, und im Februar des Jahres 1650 starb er. Christina war erschüttert und plante ein prunkvolles Begräbnis, das allerdings nicht stattfand. Descartes war kein Lutheraner und

wurde auf dem Stockholmer Friedhof „für die Ungetauften" beerdigt; auf seinem Grab wurde eine hölzerne Tafel angebracht.
Am 20. Oktober 1650 wurde Christina offiziell zur Königin gekrönt. Es war ein spektakuläres Ereignis: Die Krönungskutsche war mit golddurchwirktem rotem Samt bedeckt und wurde von sechs Schimmeln gezogen, der Festzug war so lang, dass die erste Kutsche bereits bei der Kirche angekommen war, wo die Königsweihe stattfinden sollte, während die letzte gerade das Schloss verließ. Die Feierlichkeiten zogen sich über Monate hin, und Christinas Ansehen bei ihren Untertanen und in ganz Europa stieg ins Unermessliche.
Doch mit einem Theatercoup, den niemand in Stockholm noch in den übrigen europäischen Hauptstädten je vorausgesehen hätte, fällte die Königin von Schweden eine höchst überraschende Entscheidung.

UND PLÖTZLICH DANKT DIE KÖNIGIN AB!

Die unglaubliche Nachricht war zunächst nur ihren engsten Vertrauten bekannt, auch wenn Kanzler Oxenstierna sie mit Sicherheit ahnte und in Paris Kardinal Mazarin davon wusste. Anfang August 1651 setzte Christina den Königlichen Rat von ihrer Entscheidung in Kenntnis und forderte „keine Empfehlungen, sondern Zustimmung".

Jedermann fragte sich, was wohl der Grund für ihren Verzicht auf den Thron war. Welche verrückte Laune konnte eine beim Volk so beliebte Herrscherin zu einem solchen Schritt bewogen haben? Doch es war keine Laune, sondern Konsequenz. Wieder und wieder hatte sie betont, wie sehr sie die Ehe verachtete. Für eine Frau – vor allem, wenn sie Macht hat – gebe es keine tödlichere Falle, als ihre geistige und persönliche Unabhängigkeit einem Mann zu opfern, der sich in ihr Bett schleicht und dem sie damit das Recht einräumt, sie sich als seine Ehefrau untertan zu machen. Im Übrigen habe Luther unmissverständlich klargemacht, worin die Aufgabe der Frauen bestehe: Kinder zu gebären bis an ihr Lebensende, hatte er gewettert. Nun, das würde sie nicht tun, sie würde keinem Mann gestatten, sie zu benutzen, wie der Bauer seine Felder nutzt, noch würde sie sich zwingen lassen, Kinder zu gebären. Und überhaupt: welche Kinder? „Ich könnte ebenso gut einen Nero zur Welt bringen wie einen Augustus“, so ihre Worte. Vielleicht konnte die katholische Kirche sie beschützen? Jedenfalls musste sie, um nicht zu ersticken, Schweden verlassen, und um Schweden verlassen zu können, musste sie die Krone zurücklegen. Um Heinrich IV. von Frankreich zu paraphrasieren, rief sie gewissermaßen aus: „Die Freiheit ist den Verzicht auf ein Königreich wert!“

Sie verzichtete nicht nur auf die Krone, sie bestimmte auch ihren Nachfolger: Pfalzgraf Karl Gustav Zweibrücken-Kleeburg.

1654 dankte Christina ab und konvertierte zum Katholizismus. Ihr Cousin Karl bestieg als Karl X. Gustav den schwedischen Thron.

DIE FLUCHT IN DEN SÜDEN

Aus Furcht vor Rache und Vergeltung brach Christina sofort auf und reiste mit einer Schar von Kavalieren Richtung Dänemark. Nachdem die Grenze passiert und eine Herberge erreicht war, ließ sie anhalten und rief mit lauter Stimme: „Endlich in Freiheit!“ Sie stieg vom Pferd und befahl einem jungen Mann aus ihrem Gefolge, einige Zimmer für sie zu belegen.

In diesem Augenblick begann die Verwandlung der großen Dame. Sie ließ sich die Haare abschneiden, um wie ein junger Mann auszusehen. Ihr Kleid samt allen weiblichen Accessoires legte sie ab und zog Hosen, ein Hemd und eine Jacke an, schließlich ein Paar Schuhe ohne Absätze. Als sie aus dem Zimmer trat, erkannten sie ihre Begleiter nicht wieder.

Scherzhalber erfand sie sich eine neue Identität und stellte sich vor: „Graf von Dohna, mein Name. Mein Pferd lahmt, und ich suche einen Hufschmied, der ihm hilft!“

Die Männer ihres Gefolges konnten sich vor Lachen kaum halten: Der junge Graf von Dohna war nämlich einer ihrer Reisegefährten. „Majestät“, sagte der Gefoppte, „verwandeln könnt Ihr Euch ganz ausgezeichnet!“

Christina war siebenundzwanzig Jahre alt, und von diesem Tag an empfand sie einen immer größeren

Widerwillen dagegen, sich wie eine Frau zu kleiden oder herzurichten.
Von Dänemark reiste die Gruppe weiter nach Holland und ließ sich dann vorübergehend in Antwerpen nieder. Die Stadt befand sich nach langen Jahren großen Wohlstands und glanzvoller künstlerischer Blüte im Niedergang, doch Spuren ihres Reichtums waren bei Christinas Ankunft noch sichtbar. In der Geburtsstadt von Rubens und van Dyck gab es prächtige Kirchen und einen bezaubernden Marktplatz.
Auf einem Spaziergang durch die Stadt begegnete Christina eines Tages einem wohlgestalteten jungen Mädchen und unter dem Vorwand, den Heimweg nicht zu finden, überredete Christina sie dazu, mit ihr zu kommen. Sie begann, ihr erstaunlich unverschämt und einigermaßen feurig, um nicht zu sagen: unverfroren den Hof zu machen. Das Mädchen ließ die Annäherungsversuche zu, im Glauben, es mit einem jungen Mann zu tun zu haben, doch dann, als Christina sie umarmte, spürte sie, wie sich zwei blühende Rundungen an ihre Brust pressten. Sie zuckte zurück, betastete die beiden Wölbungen und rief: „Oh Gott, du bist ja eine Frau!"
„Na und, gefällt dir das nicht?", gab Christina keck zurück. Brüsk machte das Mädchen kehrt und nahm verstört Reißaus.
Ein paar Tage später betrat die Schar ein Wirtshaus, in dem sich außer männlichen Gästen auch einige Grüppchen junger Frauen aufhielten, die untereinander scherzten und ausgelassen lachten. Ein Begleiter Christinas wurde als Kundschafter zu den Mädchentischen entsandt und konnte sich erfolgreich einer der Gruppen

anschließen. Er machte Späße, riss aus dem Stegreif ein paar Possen und kehrte dann an den Tisch seiner Freunde zurück.

Sobald er wieder saß, erzählte er: „Mir ist aufgefallen, dass der einen da, der mit dem auffälligen blonden Schopf, Frauen gefallen."

Christina, die ihre Männerkleidung anhatte, ließ sich vom Wirt einen großen Krug Bier bringen, ging zum Tisch mit den Mädchen und lud sie zum Trinken ein.

Sie stießen an, machten einander Komplimente, und die Königin fing ohne große Umstände an, die auffällige Blondine zu liebkosen. Diese wehrte sich nicht im Geringsten, umarmte Christina vielmehr und überhäufte sie unter dem allgemeinen Beifall aller Anwesenden mit einigermaßen gewagten Zärtlichkeiten. Völlig ungeniert streckten sich die beiden auf einem der Tische aus und stießen dabei Gläser und brennende Lampen zu Boden.

„Vergesst die Lampen", rief die Königin. „Bei unserer Umarmung brauchen wir kein Licht!"

Und nachdem sie sich noch eine Zeit lang miteinander auf dem Tisch vergnügt hatten, machten sich die beiden zur Treppe auf, die zu den oberen Stockwerken führte, gefolgt vom Wirt, dem Christina schon eine Handvoll Geld für die Miete des schönsten Zimmers zugesteckt hatte.

Es wurde Nacht, und augenblicklich leerte sich die Gaststube. Nur die Begleiter der Königin rührten sich nicht von ihren Tischen und blieben noch sitzen.

Am nächsten Morgen tauchten die beiden Frauen auf und kamen die Treppe herab, wobei sie sich Kleider und Haare richteten. Die Königin, Arm in Arm mit ihrer Gefährtin, stimmte sogar ein Liebeslied an.

Von Antwerpen zog Christina mit ihren Begleitern nach Brüssel, wo sie an einer Messe teilnahm, bei der sie ihr erstes katholisches Glaubensbekenntnis ablegte. Dieser Schritt, den Christina versucht hatte, möglichst geheim zu halten, erregte das Missfallen etlicher Potentaten, was sich ungünstig auf ihre Finanzen auswirkte. Nicht einmal Karl Gustav, zu dessen Gunsten sie abgedankt hatte, machte Anstalten, ihr zu helfen. So sah sich Christina gezwungen, einen Teil ihrer Bibliothek sowie einige antike Statuen zu verkaufen.

Im Januar 1655 starb Papst Innozenz X., und im April dieses Jahres wurde unter dem Namen Alexander XII. zu seinem Nachfolger Kardinal Fabio Chigi gewählt. Er hatte den Heiligen Stuhl bei den Verhandlungen der am Dreißigjährigen Krieg beteiligten Mächte vertreten, die zum Westfälischen Frieden führten. Zu dieser Zeit erreichte Christina eine Nachricht, die sie tief traf: In Stockholm war Maria Eleonora, ihre Mutter, gestorben; ihre letzten Monate hatte sie in Trauer über die Abwesenheit der Tochter verbracht.

Mitte Juli griff Karl X. Polen an. Über die Ländereien, die Christinas Unterhalt garantieren sollten, wälzte sich sein mächtiges Heer. Bei Kriegsende stand Schweden mit leeren Kassen da. Viele Jahre lang würde Christina kämpfen müssen, ehe sie zumindest einen kleinen Teil des ihr zustehenden Geldes erhielt.

Gegen Ende September bekam sie ungefähr hundertvierzigtausend Reichstaler, zwei Drittel der jährlichen Einkünfte, zu denen sich Schweden verpflichtet hatte. Mit dieser Summe bestritt sie beinahe die gesamten Kosten ihrer Reise nach Rom.

Aus Brüssel brach die ehemalige schwedische Herrscherin in Begleitung eines stattlichen Gefolges von Kavalieren und Vertretern der Kirche auf. Mit ihnen begab sie sich nach Innsbruck, wo sie Gast von Erzherzog Ferdinand II., Graf von Tirol, war, einem nicht eben vermögenden Edelmann, der sich in Schulden gestürzt hatte, um Christina einen würdigen Empfang bereiten zu können – sogar die silbernen Kandelaber musste er verpfänden.
Ihr zu Ehren fand die Uraufführung der Oper *L'Argia* des jungen Komponisten Antonio Cesti statt, der bald große Berühmtheit erlangen sollte. Jedermann begriff, dass Personen und Ereignisse aus dem Leben der Königin selbst gegriffen waren, der das Werk auch gewidmet war. Mischen wir uns unter die Zuschauer.

Die Oper handelt von einer glanzvollen Herrscherin namens Argia, die erklärt, keine Männer zu lieben und lesbisch zu sein, was sie auch beweist, indem sie eine leidenschaftliche Beziehung mit zwei wunderschönen Mädchen eingeht.
In einer tragisch-komischen Passage gestehen die beiden Mädchen einander ihre Liebe und erklären, an ihr festhalten zu wollen, selbst wenn sie deshalb aus dem Königreich vertrieben und wegen Hochverrats verurteilt werden sollten.
Glücklicherweise tritt ein junger Cousin der Königin auf, den sie noch nie gesehen hat. Augenblicklich fühlen sie sich zueinander hingezogen. Argias Cousin ist dermaßen von ihr gefangen genommen, dass er, kurz vor der Hochzeit, seine Verlobung mit

einer anderen Frau löst. Wie von Sinnen leert die Verlassene daraufhin vor dem versammelten Hof einen Becher Gift. An dieser Stelle jedoch lässt Argia, die auch als kundige Zauberin bekannt ist, die junge Frau ergreifen und schleppt sie, unterstützt von ihren Hofdamen, mit dem Kopf nach unten über die gesamte Bühne, bis der letzte Tropfen Gift ihren Körper verlassen hat. Sie ist gerettet. Der junge Cousin der Herrscherin zieht seine Braut an die Brust und bittet sie für seine Torheit um Vergebung. Ein Tanz der ganzen Truppe mündet in einen Wirbel ausgelassener Figuren und Akrobatenstücke, bis alle erschöpft zu Boden sinken.
Einzig Argia bleibt aufrecht stehen und ruft: „Die Nacht hat eben erst begonnen, und morgen bin ich wieder glücklich!"

Die Darbietung hat Christina so gut gefallen, dass sie aufspringt und wie besessen applaudiert: „Es stimmt, es stimmt, das bin ich!" Und zum Beweis, dass sie nicht nur leere Komplimente gemacht hat, kommt sie am nächsten Abend wieder und sieht sich die Aufführung nochmals an, wobei sie Szene für Szene mit witzigen und ironischen Bemerkungen kommentiert.
Zwei Tage später, bei einem Bankett, zu dem sie einen Großteil der Edelleute und der wichtigsten Persönlichkeiten der Stadt geladen hatte, landete sie ihren dritten Theatercoup und lud alle Anwesenden ein, tags darauf einem der wichtigsten Ereignisse in ihrem Leben beizuwohnen.
Und so schwor Christina am 3. November 1655 in Inns-

bruck nach der privaten Konversion in Brüssel offiziell dem Luthertum ab und konvertierte zum Glauben Roms, zum römischen Katholizismus. Anschließend ließ sie einen Trupp ihrer Boten die Nachricht in den wichtigsten Städten verkünden.
Zugegebenermaßen stieß Erzherzog Ferdinand bei der Abreise Christinas und ihres mittlerweile zahlreichen Gefolges einen Seufzer der Erleichterung aus – wie ein Bauer, wenn die Heuschrecken, die ihm drei Viertel der Ernte weggefressen haben, endlich wieder abziehen.
Mit ihren Begleitern erreichte die Königin – denn das war sie für viele nach wie vor – Bologna und Ferrara, zog durch Faenza, Rimini, Forlì, Pesaro, überquerte den Apennin und erhielt unterwegs eine katastrophale Nachricht, die sie in Bestürzung versetzte. Sie erfuhr nämlich, dass der neue Papst Alexander VII. Ghigi wegen einer äußerst reizvollen und einflussreichen Dame, Olimpia Maidalchini, bestimmt hatte, dass unter seinem Pontifikat keiner Frau Zutritt zum Vatikan gewährt würde. Eine Anordnung, die selbstverständlich auch für die schwedische Königin Geltung hatte.
Der ganze Hof der Herrscherin war in heller Aufregung: „Das heißt, dass wir hier am Ufer des Tibers festsitzen. Wir Idioten haben uns übers Ohr hauen lassen!“
Was aber hatte diese Olimpia so Schlimmes angestellt, dass der Papst ihretwegen über alle Frauen ein solches Verbot verhängte? Wer war sie? Wir finden die Antwort in den Chroniken der Zeit.

Olimpia Maidalchini, oder Donna Olimpia, wurde im Volksmund höhnisch „La Pimpaccia“, die Dreiste,

genannt. Über weite Strecken des siebzehnten Jahrhunderts war sie die unangefochtene Protagonistin des päpstlichen Rom.
Dem väterlichen Willen entsprechend sollte sie blutjung gemeinsam mit den beiden Schwestern den Schleier nehmen. Doch angeführt von Olimpia lehnten sich die Mädchen dagegen auf, ins Kloster gesperrt zu werden. Damit nicht genug: Olimpia beschuldigte den Beichtvater, der die Novizinnen auf die Ablegung der Ordensgelübde vorbereitete, er habe sie verführen wollen. Ein Skandal war die Folge, der dem Priester die Suspendierung *a divinis* eintrug. Der Geistliche wurde verjagt, Olimpia und ihre Schwestern wurden auf freien Fuß gesetzt.
In jungen Jahren verheiratete sich Olimpia mit Paolo Nini, einem wohlhabenden, schon betagten Bürger. Böse Zungen behaupten, dieser sei den erotischen Ansprüchen der blühenden Gattin nicht gewachsen gewesen; nach drei Ehejahren brach er plötzlich leblos zusammen – angeblich mit einem Lächeln auf den Lippen. Die maßlos ehrgeizige Olimpia, die sich in der Rolle der Witwe sichtlich wohlfühlte, heiratete in zweiter Ehe einen siebenundzwanzig Jahre älteren Adligen, Pamphilio Pamphili, der sie in die römische Gesellschaft einführte und durch den sie sich vor allem mit dessen Bruder Giovanni Battista verschwägerte, einem hervorragenden Kurienanwalt, der bald darauf zum Kardinal ernannt und schließlich zum Papst gewählt wurde.
Olimpia nistete sich im Leben ihres Schwagers ein und begleitete ihn bis an die Schwelle des Pontifikats. Und Giovanni Battista hatte es auch ihrer Hilfe und ihren

Intrigen zu verdanken, dass er überhaupt Papst wurde. Von da an hatte Donna Olimpia in den Gemächern des Vatikans so viel Einfluss, dass für niemanden, der zum Papst wollte, der Weg an ihr vorbeiführte, und jeder musste sich ihre Gunst mit üppigen Geldgeschenken erkaufen.

Olimpias Macht in Rom war binnen Kurzem so groß, dass man sie spöttisch „die Päpstin" nannte.

Mit barmherzigen Werken machte sie Gewinne. Die Protektion von Straßendirnen und exklusiven Kurtisanen verschaffte ihr Vorteile, die nicht unbedingt an einen heiligen Ort gehören, und sie stiftete und leitete Wohltätigkeitseinrichtungen, um ihren Reichtum zu vergrößern. Angeblich erhielt der berühmte Bildhauer Bernini den Auftrag zur Errichtung des Fontana dei Quattro Fiumi auf der Piazza Navona nur deshalb, weil er ihr ein über ein Meter hohes silbernes Modell des Brunnens schenkte.

Aufs Neue verwitwet, wurde sie zur Fürstin von San Martino al Cimino ernannt und erhielt vom Papst, der vermutlich auch ihr Liebhaber war, zahlreiche Landgüter. In den letzten Lebensjahren von Innozenz X. hatte ihre Unersättlichkeit sämtliche Grenzen des Anstands überschritten. Sie war dabei, als der Heilige Vater im Sterben lag, und kaum hatte er den letzten Atemzug getan, ließ sie zwei Kisten voll Geld unter seinem Bett hervorziehen und in ihre Gemächer schaffen.

Als Alexander VII. zum Papst gewählt worden war, gab er augenblicklich Befehl, Olimpia samt ihrem Anhang aus dem Vatikan zu jagen, und von da an hatten Frauen zu den päpstlichen Räumen keinen Zutritt mehr.

Das also war der Grund für die verzweifelte Lage Christinas und ihres Gefolges. Ihrer Religion abzuschwören, zum Katholizismus überzutreten, aus dem Norden Europas anzureisen, nur um kurz vor den Toren Roms und des Vatikans aufgehalten zu werden, wo sie damit rechnete, dass man sie empfangen würde – es war der reinste Hohn.

Doch einer der Unterstützer und Berater des neuen Papstes drängte ihn, seine Entscheidung zu überdenken: „Eure Heiligkeit, es ist richtig, sich streng gegen diejenigen zu zeigen, die sich der Kirche für ihren eigenen Vorteil bedienen, doch was die hohe Dame betrifft, die aus Schweden zu Euch kommt, solltet Ihr daran denken, dass sie vor nicht einmal einem Monat ihrem Glauben abgeschworen hat, um sich zu einer königlichen römisch-katholischen Christin zu bekehren."

„Sicher, sicher", räumte der Papst ein, „wir sollten tatsächlich daran denken, dass uns die Konversion dieser Königin einen unschätzbaren Vorteil verschafft. Vergesst also das Ganze, zieht das Zutrittsverbot für Frauen zurück, öffnen wir unsere Tore und nehmen dieses zahme neue Lämmchen, das davorsteht, in unsere Herde auf."

IN ROM!

Die Königin traf im Dezember 1655, spätabends, als die Straßenlaternen bereits gelöscht waren, in Rom ein und begab sich sogleich in den Vatikan, wo der Papst sie zu einer Privataudienz empfing. Die Wahl der Sitzgelegenheit erwies sich als schwierig. Der Sessel mit dem hohen Rücken und den rechteckigen Armlehnen war regierenden Herrschern vorbehalten, und das war Christina nicht mehr, aber ein Schemel kam nach dem Opfer, das die frühere Königin gebracht hatte, ebenfalls nicht in Frage. Also dachte sich Gian Lorenzo Bernini, mit dem sich Christina später befreunden sollte, einen Kompromiss aus: einen Sessel mit niedrigem Rücken und abgerundeten Armlehnen. Die offiziellen Dokumente bezeichnen ihn als „prunkvollen Königssitz", während die päpstlichen bescheidener von einem „niedrigen Sitz" sprechen. Christina saß darauf fünfzehn Minuten, ehe sie in die acht großen, mit prachtvollen Möbeln und Fresken ausgestatteten Räume geführt wurde, die man ihr angewiesen hatte: ein außergewöhnlicher Umstand, dass einer Frau erlaubt wurde, sich innerhalb der heiligen Mauern einzuquartieren.

Christina blieb in Rom ganze zwei Tage, besuchte die Vatikanische Bibliothek und brach dann zum soundsovielten Mal auf, diesmal allerdings an einen Ort in der Nähe. Sie musste Rom nämlich verlassen, um anschließend feierlich und mit allen Ehrbezeugungen wieder einziehen zu können.

Der Empfang war majestätisch. In einer prunkvollen, selbstverständlich vergoldeten Kutsche fuhr die Königin Richtung Norden und traf, am Ponte Milvio angekommen, auf eine Schar auf sie wartender Edelleute und Kavalleristen. Eine riesige Menschenmenge hatte unterwegs die Straßen gesäumt.

Christina stieg schlicht in Grau und Schwarz gekleidet und mit einer Feder am Hut aus der Kutsche. Manche behaupten – und wir schenken ihnen gerne Gehör –, sie habe Hosen aus Seidenatlas, ein goldenes Wams und Blumen im Haar getragen. Des Weiteren heißt es, ein nervöser, schwarzgefleckter Schimmel habe sich von der Gruppe der Berittenen entfernt. Die Königin nahm Anlauf und schwang sich wie eine wahre Amazone in den Sattel. Nach einem verblüfften „Oh!" brandete Beifall auf. Aus den langen Triumphhörnern des antiken Rom ertönten festliche Töne. Unmittelbar darauf erklangen jubelnd die Glocken des Petersdoms. Gewiss dachte Christina an den Tag, an dem sie in Stockholm gekrönt worden war, und von den gleichen Gefühlen übermannt, rief sie mit Tränen in den Augen: „Es hilft nichts, für solche Augenblicke lohnt es sich, Königin zu sein!"

Weihnachten rückte näher, und zu diesem Anlass wurde sie vom Papst persönlich gefirmt. Der Tradition folgend, nahm sie zusätzlich zu ihrem eigenen einen zweiten Vornamen an: Sie entschied sich für Alexandra, aus

Gefälligkeit gegenüber dem Pontifex und, möglicherweise, zu Ehren des großen Feldherrn der Antike. Der Papst bestand auf „Maria" als weiterem Namen, obwohl sie diesen nicht mochte und auch nie benutzte. Die katholischen Chronisten freilich nannten sie so.

Nachdem Christina eine Zeit lang im Vatikan residiert hatte, schlug sie ihren Wohnsitz im Palazzo Farnese auf. Beflügelt von der monumentalen Architektur und der Eleganz des Palastes beschloss sie, hier eine Akademie, die spätere *Accademia Reale*, zu gründen, die denen gewidmet sein sollte, die sich für Musik, Theater, Literatur und Malerei begeisterten. Jeden Freitag wollte sie den Palast für die Besucher öffnen, die in ihren Augen am interessiertesten und qualifiziertesten waren, und sie mit Debatten über Kunst, Philosophie und Wissenschaft unterhalten.

In ihrem neuen Leben vergaß sie nicht auf den Menschen, den sie am meisten geliebt hatte, Ebba Sparre, ihre Belle, und sie schickte ihr einen Brief nach Schweden:

> Wie glücklich ich wäre, könnte ich Euch doch sehen, Belle, aber obgleich ich Euch immer lieben werde, kann ich Euch nicht wiedersehen, und so werde ich niemals glücklich sein. Ich bin die Eure, wie ich immer die Eure war, ganz gleich, an welchem Ort der Welt ich mich befinde. Ist es möglich, dass Ihr Euch an mich erinnert? Und bin ich Euch noch so teuer wie einst? Liebt Ihr mich immer noch mehr als irgendjemanden auf der Welt? Sollte es nicht so sein, nehmt mir nicht diese Illusion. Lasst mich glauben, dass es noch so ist. Lasst mir den Trost Eurer Liebe

und duldet nicht, dass die Zeit oder meine Abwesenheit sie schmälern. Adieu, Belle, adieu. Ich küsse Euch tausend Mal.

Unterdessen flossen, wie Christina es befürchtet hatte, im Lauf der Jahre die Gelder aus der Apanage, zu der Schweden sich verpflichtet hatte, immer spärlicher. Damit sah sich die königliche Dame gezwungen, auf Geschenke und Darlehen zurückzugreifen, was sie nicht wenig beschäftigte und betrübte, jedoch ihre Lebensfreude und die Schönheit ihres langen Aufenthalts in Rom nicht beeinträchtigte.

EINE NEUE LIEBE

Durch ihre Ausflüge zu Pferd und zu Fuß quer durch die Wälder und Weinberge rings um Rom wurde sie zu einer anziehenden und vor Energie sprühenden Frau, viele Männer aus ihrem Umkreis machten ihr den Hof. Am beharrlichsten wurde sie mit Sicherheit von Decio Azzolino umworben, den wir auf einem Gemälde aus diesen Jahren betrachten können, auf dem er sich uns jung und von einnehmendem Äußeren darstellt.

Decio Azzolino, gebürtig aus Fermo, war ein Mann mit scharfem Verstand und feurigem Temperament sowie einem Hang zu einer gewissen Skrupellosigkeit; er hatte wichtige Behörden im Vatikanischen Sekretariat geleitet: Als Direktor der *Cifra*, der päpstlichen Chiffrierstelle, anschließend als Verantwortlicher für die Korrespondenz mit den Fürsten, ein Amt, das neben einer umfassenden Bildung einen eleganten Schreibstil erforderte. Als er zum Kardinal ernannt wurde, gründete er mit einigen Gleichgesinnten den *Squadrone Volante*, eine lose Vereinigung liberaler und von politischen Weisungen unabhängiger Kardinälen.

Der Kirchenfürst und die große Dame begegneten einander zufällig. Sie befanden sich beide auf der Kuppel des Petersdoms, an einem Tag, an dem der Zutritt strengstens verboten war.

Christina eröffnete das Gespräch, indem sie ironisch anmerkte: „Oh! Es ist ein Glück für mich, dass ich auf dieser Kuppel einen Kardinal vorfinde, denn ich bin heimlich hier und riskiere, festgenommen zu werden, wenn man mich hier oben ertappt. Ich hoffe, dass Ihr mich in einem solchen Fall beschützt, Eminenz!"
Der Kardinal lachte aus vollem Herzen.
„Ich bedaure, doch wenn wir ertappt werden, steckt man auch mich ins Gefängnis."
Die Dame machte große Augen und ließ sich ein weiteres „Oh!" entschlüpfen, diesmal aus Verwunderung.
Der Kardinal fragte, worüber sie erstaunt sei.
Darauf Christina: „Es ist das erste Mal, dass ich einem Prälaten begegne, der so jung ist!"
„Das liegt an der Tatsache, dass man mit einer hochgestellten Familie hinter sich in den Kreis der Kardinäle aufgenommen wird, sobald man das Licht der Welt erblickt. Und Ihr, Signora, wie kommt es, dass Ihr hier oben seid? Lebt Ihr im Vatikan?"
„Ja, ich bin Hofdame bei einer Edelfrau, die zu Gast beim Heiligen Vater ist."
Die beiden traten an die Brüstung, von der aus die ganze Stadt zu sehen war, und der Kardinal, der, wie Christina herausfand, Decio Azzolino hieß, zeigte und beschrieb ihr die berühmtesten Paläste und Kirchen.
Christina war hingerissen: „Die Aussicht von hier oben ist fantastisch, Rom ist riesig. Unendlich viel größer als Stockholm!"

„Ah, dann habe ich mich nicht getäuscht, an Eurer Aussprache habe ich gemerkt, dass Ihr aus dem Norden stammt. Offensichtlich gehört Ihr zum Gefolge der Königin Christina."

„Ganz recht, Ihr habt es erraten, und wir sind eng befreundet."

„Tatsächlich? Dann sagt mir doch, wie ist Eure Herrscherin? Es heißt, dass sie unberechenbar ist, dass sie reitet wie eine wild gewordene Amazone, dass sie sich wie ein Mann kleidet und bisweilen angriffslustig und sogar arrogant ist."

„Ja, das ist wahr, und ich gestehe, dass ich sie oft unerträglich finde und ihr am liebsten einen Fußtritt gäbe!"

„Na, das schickt sich aber nicht einmal in Gedanken, eine so bedeutende Dame zu attackieren!"

Nach dieser Begegnung sahen sich die beiden wieder, und der Kardinal stellte zu seiner Verblüffung fest, dass er es mit der berühmtesten Frau ganz Skandinaviens zu tun hatte.

Christina machte bald eine Fülle von Themen ausfindig, über die sie mit ihm reden konnte, hauptsächlich über Literatur. Decio Azzolino liebte, wie sie selbst, die griechischen und lateinischen Klassiker. Wie Christina interessierte auch er sich für das neue naturwissenschaftliche Denken und besaß verschiedene esoterische Schriften, die ihre Neugier weckten. Und sie reizte sein Nimbus als rebellischer Kardinal.

Kurz und gut, sie verliebte sich in ihn – und er sich in sie – wegen seiner Intelligenz, seiner weitläufigen

Bildung, seines leidenschaftlichen Temperaments und vielleicht auch ein wenig, weil er ihr politisch nützlich sein konnte. Christina und Azzolino waren so offensichtlich ein Herz und eine Seele, dass irgendwann der Papst eingreifen musste, um beider guten Ruf zu schützen. Er bat den Kardinal, seine Besuche bei der Exkönigin einzuschränken.

In ihren Briefen an den Freund bediente sich Christina des Französischen.

„Ich würde es bedauern, solltet Ihr durch mich Unannehmlichkeiten bekommen oder Vorwürfe von Euren Vorgesetzten, doch das hindert mich nicht daran, Gefühle für Euch zu empfinden, die über bloße Zuneigung hinausgehen und die ich vorziehe, ‚Liebe' zu nennen. Allerdings verbietet Euch die Liebe zu Gott, mein Liebhaber zu werden. Ich erlasse es Euch, mein Diener zu sein, so wie Ihr mir gestatten müsst, nicht zu Eurer Sklavin zu werden."

Doch so sehr sich die beiden Liebenden auch bemühten, ihre Gefühle zu verbergen – in manchen Momenten genügte ein Anflug von Verlegenheit, ein errötendes Gesicht, um ihre tiefe Leidenschaft zu enthüllen.

Im Rom der damaligen Zeit war das Verhältnis einer Dame mit einem Kardinal, die beide noch verhältnismäßig jung waren, keine Seltenheit. Doch ihre Verbindung erregte Anstoß, und so konnten sie sich nicht nach Belieben treffen, was bei Christina oft zu Wutausbrüchen führte, die sich mit unvorhersehbaren Weinkrämpfen abwechselten.

Nachdem sie sich eine Zeit lang überhaupt nicht hatten sehen können, ergab sich endlich die Gelegenheit zu

einem anscheinend unproblematischen Rendezvous. Sie wollten sich bei der Villa Medici treffen, und zwar an einem Tag, an dem am Platz vor der Villa Markt war. Christina tat, als interessierte sie sich für die Waren und spazierte von einem Stand zum anderen, doch ihr geliebter Kardinal ließ sich nicht blicken. Es verging eine Stunde, dann brach Christina erbost auf.
Sie sagte sich: „Mit Sicherheit haben sie ihn buchstäblich in die Zange genommen oder in eine Zelle gesperrt. Aber so leicht kommt er mir nicht davon."
Mit raschen Schritten war sie bei der Engelsburg, wo sie, schon auf Schwierigkeiten gefasst, mit einem Feuerwerker aus ihrem Gefolge verabredet war, der alles Nötige für eine ziemlich geräuschvolle Aktion bei sich hatte.
Gemeinsam stiegen sie zu dem großen Ring um die Burg empor, wo auf dem Mauervorsprung einige große Geschütze aufgestellt waren. Weit und breit war niemand zu sehen, deshalb füllte der Feuerwerker mit Christinas Hilfe Schießpulver in eine Kanone und schob eine mächtige Kugel in das Rohr.
„Lass mich das machen", sagte die Königin, „für mich ist das eine Genugtuung." Damit zündete sie die Lunte an und trat schnell ein paar Schritte zurück.
Es gab einen lauten Knall. Die Eisenkugel flog Richtung Villa Medici, schoss ein großes Loch in die Fassade und zerschlug beim Eindringen ein Fenster. Zum Glück gab es keine Verletzten, doch alle, die sich gerade in der Villa aufhielten, hatten das Einschlagen der Kugel bemerkt und riefen: „Da wollte uns aber jemand ein deutliches Zeichen geben. Von wem das wohl kommt?"

Christina war entschlossen, nicht untätig im Abseits zu stehen, sondern ihr Prestige geltend zu machen. Sie wurde zur Förderin des *Squadrone Volante*: Die Einstellung der Kardinäle mit Decio Azzolino an der Spitze rührte an eine empfindliche Saite ihres rebellischen Wesens. Und, was nicht wenig zählte, ihr Status als Königin, auch wenn sie abgedankt hatte, stand außer Zweifel. Ihr Einfluss war unvermindert, er würde über die vielen machtgierigen und intriganten Kardinäle, von denen die Bevölkerung Roms genug hatte, die Oberhand behalten.

Den Spaniern, die am Hof Christinas wichtige Stellungen innehatten, missfiel diese Allianz. Der *Squadrone* stand zwar nicht ausdrücklich auf der Seite Frankreichs, aber ebenso wenig auf der Spaniens. Außerdem hätte sich Decio Azzolino in der Gesellschaft von Spaniern unbehaglich gefühlt. Also ersetzte Christina nach und nach die Spanier in ihren Diensten durch Einheimische, bis es ihr gelungen war, sämtliche Spanier aus ihrem Gefolge zu entfernen, die freilich ihrerseits unerfreuliche Gerüchte über sie verbreiteten. Ihre Anwesenheit in Rom hatte Christina Spanien zu verdanken, doch wenn es um ihre Unabhängigkeit ging, war sie zu allem bereit.

Sie hatte einen Traum: mit der Hilfe Frankreichs die Herrschaft über das Königreich Neapel zu erlangen, das seit Längerem gegen die Regierung der spanischen Habsburger und deren mittlerweile verfallendes Weltreich aufbegehrte. In Neapel wäre sie wieder eine richtige Königin, mit einer Krone, einem Königreich und vor allem mit etwas Geld. Und dann war Neapel nicht weit

von Rom entfernt, und Decio Azzolino würde sie ohne großen Aufwand besuchen können.
Seit Anfang 1656 korrespondierte Christina heimlich mit Kardinal Mazarin, und ihr Plan nahm nach und nach Gestalt an. Viertausend Soldaten sollten die Stadt einnehmen und vierhundert Kavalleristen die neue Regentin in die Stadt begleiten. Doch sie hatte eine andere Idee: Von klein auf hatte sie den Wunsch gehabt, ein Heer in die Schlacht zu führen, sie selbst wollte die vierhundert Kavalleristen anführen.
Die Kanonenkugel, die die Villa Medici getroffen hatte, ließ keinen Zweifel zu, und alle waren gewarnt.

HOFFNUNGEN UND ENTTÄUSCHUNGEN. FRANKREICH UND DER MARCHESE MONALDESCHI

Christina überzeugte sich, dass der kürzeste Weg nach Neapel über Paris führte. Also brach sie in Richtung Frankreich auf – mit der finanziellen Unterstützung von Alexander VII., der nicht zulassen konnte, dass die berühmte neue Tochter der Kirche durch Europa, zumal das protestantische, ohne päpstlichen Prunk reisen sollte. Doch der Heilige Vater war bei ihrer Abfahrt erleichtert. Ein englischer Informant berichtete: „In Rom war man allmählich des neuen Gastes, der Königin von Schweden, überdrüssig."

Im Übrigen hatte der Papst ganz andere Sorgen: In Rom war die Pest ausgebrochen.

In Frankreich wurde Christina von Ludwig XIV. mit großem Respekt behandelt, obschon sie den vornehmen Pariser Hof durch ihr direktes Auftreten und ihr männliches Äußeres vor den Kopf stieß. Es wurden ihr einige Gemächer im Schloss Fontainebleau zur Verfügung gestellt. Just zu dieser Zeit ließ sie sich zu einem Akt beispielloser Brutalität hinreißen.

Kardinal Mazarin hatte sie an den Hof eingeladen, um mit ihr über das Königreich Neapel zu sprechen, das Christina nicht weniger am Herzen lag als dem schlauen regierenden Minister von Frankreich. Mit seiner

Strategie wollte der aus Italien stammende Kardinal die parthenopäische Stadt von der spanischen Herrschaft befreien, die damals in jeder politischen Frage auf der Halbinsel die bedingungslose Unterstützung des Vatikans genoss.
Christina und Ludwig XIV. waren zu einer Vereinbarung gelangt.
Die Königin war aus Prestigegründen bereit, den neapolitanischen Thron zu besteigen, aber auch wegen ihrer ständig wachsenden Geldnot: Der Besitz des Königreichs Neapel sollte ihr die Unabhängigkeit vom schwedischen König garantieren und ihr erlauben, die Friedensbedingungen im Konflikt zwischen Frankreich und Spanien mit auszuverhandeln. Mazarin jedoch hatte aus taktischen Gründen noch einen anderen Plan bereit: Er wollte eine Ehe zwischen Ludwig XIV. und Maria Theresia von Österreich, Infantin von Spanien, arrangieren. Schlussendlich kam es zu dieser zweiten Lösung. Damit waren mit einem Schlag Christinas Hoffnungen zunichtegeworden.

In dieses skrupellose Intrigenspiel hatte sich auch ein faszinierender Mann, der italienische Geschäftemacher Marchese Gian Rinaldo Monaldeschi, eingeschaltet, dem es gelungen war, die Gunst der Königin so weit zu gewinnen, dass sie sich in ihn verliebte.
In diesem Trubel hatte Christina sich benutzt und verraten gefühlt und nach und nach geargwöhnt, auch der Mann, der sie angeblich liebte, könnte sich an dem unwürdigen Doppelspiel beteiligen. Kurz gesagt, Monaldeschi hatte sich mit Mazarin gegen sie verbündet, wie

aus der Korrespondenz des Marchese hervorging, die Christina hatte abfangen lassen.
Einige Tage, nachdem sich die Vereinbarung, dass Christina den Thron von Neapel besteigen sollte, zerschlagen hatte, ließ sie Monaldeschi zu sich kommen, um ihn über die Machenschaften gegen ihre Person aufzuklären. Die Begegnung fand in der Galerie von Schloss Fontainebleau statt. Außer dem Marchese und der Königin waren bei der Unterredung vier bewaffnete Männer zugegen. Als schließlich das Wort „Verrat" fiel, versuchte der Marchese, sich herauszureden und bestritt, daran beteiligt gewesen zu sein. Doch Christina überrumpelte ihn, indem sie ein Bündel Briefe hervorzog, die eindeutig seine Teilnahme an dem Komplott bewiesen. In die Enge getrieben, musste Monaldeschi seine Schuld eingestehen, bat jedoch um Gnade, da er, wie er behauptete, selbst hintergangen worden sei.
„Euer Betrug ist infam und sonst nichts", erklärte die Königin. „Ihr habt Himmel und Hölle in Bewegung gesetzt, damit ich mich in Euch verliebe und Euch mein Vertrauen schenke. Ihr habt mich als Steigbügelhalter benutzt. Den Verrat an der Krone könnte ich Euch zur Not vergeben, doch angesichts der Rohheit, mit der Ihr mein Herz gedemütigt habt, weise ich jeden Gedanken an Gnade von mir."
An diesem Punkt ergriff der Marquis die Flucht, wurde jedoch von den Männern der Königin eingeholt und erstochen.
Zynisch wie immer empfahl Mazarin Christina, die Schuld an dem Mord einer anderen Person, die am Komplott beteiligt gewesen war, in die Schuhe zu schieben,

einem gewissen Santinelli. Doch die Königin beharrte darauf, nichts vertuschen zu wollen und jegliche Verantwortung für das Vorgefallene auf sich zu nehmen. Also sandte sie einen Brief an Ludwig XIV., der ihr keine zwei Wochen darauf ohne Ankündigung in Fontainebleau einen Besuch abstattete.

Bei diesem Zusammentreffen zeigte der König Verständnis für das gewaltsame Vorgehen Christinas und fügte hinzu: „Eine solche Schandtat verdient keine Gnade! Doch leider, die von den üblichen Heuchlern in ganz Frankreich inszenierte Empörung, die den Mord als abscheuliche und barbarische Tat brandmarken, gestattet mir nicht, Euch offen Rückendeckung zu geben."

In Rom gab es über die Tat der schwedischen Exkönigin hitzige Auseinandersetzungen. Einige klärten die Unwissenden darüber auf, dass sie jedes Recht hatte, über einen Untergebenen, der sie verraten hatte, zu richten und ihn zu verurteilen. Decio Azzolino bemühte sich nach Kräften, sie zu unterstützen. Trotz allem verlor Christina von Schweden ein Gutteil ihrer Beliebtheit.

UND JETZT: AUFTRITT MOLIÈRE!

1658 plante Christina eine Reise nach England, um Oliver Cromwell zu treffen, doch der englische Feldherr und Politiker verstarb im September desselben Jahres. Sie brach trotzdem an die Küste der Normandie auf und machte mit ihrem Gefolge in Rouen halt, wo sie erfuhr, dass in einem Theater der Stadt gerade Molière auftrat. Sie hatte schon öfter vorgehabt, eine Aufführung dieses genialen Theatermanns zu besuchen, doch ihre zahlreichen Verpflichtungen hatten sie jedes Mal daran gehindert.

Nachdem sie eine Herberge gefunden hatte, erkundigte sie sich, ob sich Molière im Theater aufhalte, und beschloss, den Saal aufzusuchen, der genau gegenüber ihrer Unterkunft lag.

In Begleitung einer kleinen Gruppe ihrer Entourage trat sie ein und hielt sich abseits im Dunkeln, um die Schauspieler und Schauspielerinnen zu beobachten, die auf der Bühne die für den Abend geplanten beiden Einakter probten.

In einer Pause trat Christina hervor und bat, dem Theaterleiter vorgestellt zu werden. Molière, erstaunt und geschmeichelt von der Anwesenheit der außergewöhnlichen Frau, deren Begeisterung für das Theater

alle kannten, bat, sich einen Augenblick setzen zu dürfen, um sich von der Aufregung zu erholen.
Nach Probenende machten sich alle gemeinsam in das Gasthaus auf, in das Christina die gesamte Truppe eingeladen hatte.
Als alle Platz genommen hatten, erzählte Molière der Königin von den Schwierigkeiten, mit denen die Theaterleute ununterbrochen zu kämpfen hatten. Zensur und Verbote machten ihnen tagtäglich das Leben schwer. Außerdem fanden sie nur mit Müh und Not ihr Auskommen und waren, um sich irgendwie durchzuschlagen, oft gezwungen, auf Straßen und Plätzen zu spielen und anschließend mit dem Hut in der Hand in der Hoffnung auf ein paar Münzen unter den Leuten die Runde zu machen, die zufällig stehengeblieben waren.
Christina sprach über ihre Eindrücke von der Probe. Sie und ihre Begleiter seien von der Darbietung der Truppe ganz begeistert gewesen.
„Zum ersten Mal erlebe ich, mit wie viel Witz und Kunstverstand Sprache und Gesten in Einklang gebracht werden können. Und in dem Stück über den fliegenden Arzt, das Ihr uns gezeigt habt, waren ganz exzellente Schauspieler zu sehen, die sich nicht auf Dialoge und Pantomime beschränken, sondern wie geflügelte Gaukler durch die Luft fliegen können."
Es sprach sich herum, dass an einigen der kommenden Abende unter den Zuschauern doch tatsächlich die Königin von Schweden mit einer großen Zahl ihres Hofes anwesend sein würde. Jeder wollte bei dem Ereignis dabei sein und diese berühmte Persönlichkeit aus der Nähe sehen, weshalb binnen Kurzem alle Vorstellungen ausverkauft waren.

Als Christina den Saal betrat, erhoben sich alle Anwesenden und applaudierten. Ehe die Vorstellung begann, trat Molière vor den Vorhang, begrüßte das Publikum und stellte das Stück vor, das die Truppe aufführen würde.
Ein Dutzend Musikanten leitete die Aufführung mit Gesang und Tanz ein.

Kurz darauf erscheint Sganarell, gespielt von Molière selbst, der von einem wütend bellenden Hund verfolgt wird. Sganarell versucht, ihn zu besänftigen, doch das Tier macht Anstalten, ihn ernsthaft anzufallen. Er verbeißt sich in seine Hosen, zerrt sie ihm vom Leib, und Sganarell steht in Unterkleidern da. Dann schnappt der Hund nach seiner Jacke und reißt sie in Stücke. Sganarell brüllt um Hilfe, und schon kommt ein schönes Mädchen herbei, packt den Hund am Halsband und tut so, als versetzte sie ihm schonungslose Tritte und brutale Schläge.
Der Hund beginnt zu winseln wie ein Welpe, der um Verzeihung bettelt, schwänzelt um Sganarell herum und leckt ihm Hände und Füße. Offensichtlich ist der Hund zu dieser Pantomime abgerichtet worden und legt in Verhalten und Ausdrucksweisen eine Vielseitigkeit an den Tag, die eines großen Schauspielers würdig wäre.
Das Mädchen aber ist eben auf der Suche nach ihm, Sganarell: Mit seiner Hilfe soll ihr Vater davon abgebracht werden, sie, wie er anscheinend vorhat, zur Heirat mit einem Mann zu zwingen, den sie nicht liebt. Ihr Auserwählter ist niemand anderer

als Sganarells Dienstherr, ein junger Mann, der sehr unsanft aus dem Haus des Mädchens gejagt worden ist.
Also heckt Sganarell einen Plan aus. Er verkleidet sich als hoch angesehener Arzt. Dann besorgt er sich Laken und einen auffälligen weiten Umhang und beginnt, auf Pseudolateinisch und im *Grammelot* zu radebrechen.
Das Mädchen hingegen stellt sich krank. Sie zittert vor Fieber am ganzen Leib und redet wirr daher, als wäre sie wahnsinnig geworden.
Der Arzt kommt auf die Bühne zurück. Die Dienerschaft behauptet, man hätte ihn händeringend anflehen müssen, sich zu einer Visite der armen Kranken herabzulassen. Einer hält eine überschwängliche Lobrede auf das Können dieser Koryphäe.
Sogleich zieht der Arzt aus seiner großen Tasche eine Säge, ein paar scharfe Messer, einen Hammer und eine Axt. Alle um ihn herum sind zu Tode erschrocken. Und nun setzt der falsche Arzt seinen Streich in die Tat um. Er verlangt, dass sich der Hausherr zur Untersuchung ausziehen und auf den Tisch legen soll, doch man teilt ihm mit, dass es sich bei dem Patienten um eine junge Frau handelt, die auf einem Bett mit Rädern liegend auf die Bühne gezogen wird. Da befiehlt er allen Anwesenden, den Raum zu verlassen, da er die Patientin nur nackt untersuchen könne. Der Vater protestiert, er will dabei sein, und so auch die Mutter, eine alte Tante und die gesamte Dienerschaft.
Der Arzt möchte das Mädchen nicht durch eine außer-

planmäßige Entkleidungsnummer in Verlegenheit bringen, bedeckt sie mit einem großen Laken und steckt die Hände darunter, um mit seinen Nachforschungen zu beginnen. Das Mädchen – sie ist nämlich kitzlig! – wirft sich laut lachend hin und her. Anschließend schlüpft Sganarell zur Gänze unter das Laken und verschwindet, wobei er mit Armen, Beinen und Hintern Bewegungen vollführt, als hätte er einen Tobsuchtsanfall.

Zu guter Letzt taucht sein Kopf aus dem einen Ende der Decke auf, dann ein Bein aus dem gegenüberliegenden, schließlich das zweite aus der entgegengesetzten Richtung. Der Arzt hat sich aufs Fürchterlichste verrenkt, dann fügen sich alle seine Glieder wieder zusammen, und er kommt zur Gänze hervor, zieht die Decke vom Bett, und ... das Mädchen ist verschwunden. Sie ist fort. An ihrer Stelle liegt der friedlich schlafende Hund.

An diesem Punkt fallen die Eltern über den Arzt her und schreien wie von Sinnen: „Wo ist unsere Tochter? Wo hast du sie versteckt?"

Sganarell klettert ein Seil empor, das von oben heruntergelassen wurde, und entschwindet in die Lüfte. Die Komödianten halten das Publikum in Atem. Jeden Augenblick überraschende Kunststücke, Knalleffekte, Fontänen, von denen auch die Zuschauer nass werden, Kulissen, die einbrechen und auf die Schauspieler stürzen. Auch der Bühnenhintergrund fällt zusammen, doch plötzlich, wie durch Zauberhand, ist jeder einzelne Teil der Ausstattung wieder dort, wo er hingehört.

Das Publikum bog sich vor Lachen und klatschte Beifall, die Komödianten wurden unzählige Male herausgerufen.
Am Tag danach verabschiedeten sich Christina und der Leiter der Truppe, Molière, herzlich voneinander mit dem Versprechen, sich so bald wie möglich wiederzusehen.

ZURÜCK IN ROM. DIE TAGE DES *TARTUFFE*, DES *DON JUAN* UND DES RUHMS

Gegen Ende des Jahres 1668 kehrte die Königin nach diversen Abenteuern in Frankreich und Deutschland endlich nach Rom zurück. Empfangen wurde sie von Kardinal Azzolino, und beide mussten sich zurückhalten, um sich nicht allzu stürmisch zu umarmen. Sie hatten zahlreiche Briefe gewechselt, die nicht alle heiter und unbeschwert waren, und so hatte Christina ihm geschrieben: „Ich erwarte nicht, dass Ihr mich empfängt. Es genügt, wenn Ihr bei meiner Ankunft nicht die Stadt verlasst." Doch als Christinas Hofstaat eine Burg in den Sabiner Bergen erreichte, wo vor der Ankunft in Rom Rast gemacht werden sollte, war Decio Azzolino da, gemeinsam mit anderen befreundeten Kardinälen, und mit Tausenden Blumen von Papst Klemens IX., der Alexander VII. mit der Unterstützung des *Squadrone Volante* auf den Heiligen Stuhl nachgefolgt war, sowie einer großen Zahl Bediensteter.

Nach der langen Abwesenheit war die Königin wieder zu Hause.

Azzolino machte ihr gleich eine außergewöhnliche Mitteilung: Er selbst hatte sich beim Papst für sie verwendet und erreicht, dass Christina im Palazzo Riario wohnen konnte, der vollständig zu ihrer Verfügung

stand. Außerdem war es ihm gelungen, ihr eine ihrem Rang entsprechende Pension zu verschaffen.
Vor Freude brach Christina in Tränen aus. Im Palazzo Riario wollte sie sich mit einem kleinen Hofstaat umgeben und ihn zu einem Ort für Feste, galante Abenteuer, diplomatische Intrigen machen, vor allem aber zu einem Treffpunkt für die interessantesten Intellektuellen und Künstler der Zeit. Aus diesem lebendigen kulturellen Klima ging die *Accademia Reale* hervor, die Vorläuferin der *Accademia dell'Arcadia*, zu der sich eine Akademie der Physik, Naturgeschichte und Mathematik gesellte. An den Wänden der Repräsentationsräume sollten die Bildnisse von Freunden hängen, die sie ein Stück ihres Lebens begleitet hatten: Ebba Sparre, Descartes, der Botschafter Chanut, Azzolino sowie der Bildhauer Bernini, mit dem sie Freundschaft geschlossen hatte. Als begeisterte Förderin von Kunst und Musik ernannte Christina später Carlo Ambrogio Lonati und Giacomo Carissimi zu ihren Kapellmeistern, Lelio Colista zu ihrem Lautenspieler, Loreto Vittori und Marco Marazzoli zu ihren Sängern und Sebastiano Baldini zu ihrem Librettisten.
Noch größer war Christinas Freude, als sie einige Tage nach ihrer Ankunft in Rom einen Brief von Molière erhielt. Er erinnerte sie an die beiden schönen Abende, die sie gemeinsam verbracht hatten, und gestand ihr dann, wie unerträglich für ihn die Feindseligkeit und Gehässigkeit war, mit der die katholischen Kreise in Frankreich seine Komödien aufnahmen.
Hören wir ihn selbst.

Die neue Komödie, von der ich Euch hier berichte, liebe Freundin, ist lange verfolgt worden. Ihr Titel ist *Tartuffe*, die französische Bezeichnung für Trüffel, den knollenförmigen Pilz also, der vor allem in Frankreich über manche Speisen gerieben wird, sie mit seinem Aroma durchdringt und ihnen einen köstlichen Geschmack verleiht. Bislang haben sich die Leute, über die ich mich in meinen Komödien lustig mache, mit einer Art Panzer dagegen gewappnet, empört oder gekränkt zu reagieren. Aber allem Anschein nach gelingt es meinem neuen Stück, diesen Panzer zu durchdringen. Die Möchtegern-Adligen, die Preziösen und Scheingebildeten, die Gehörnten, die Kurpfuscher, sie alle haben immer gute Miene zum bösen Spiel gemacht. Vielleicht, um als intelligent und modern zu gelten, taten sie so, als amüsierten sie sich über diese Karikaturen so gut wie alle anderen. Aber bekanntlich haben Heuchler wenig Sinn für Spott, vor allem, wenn er ins Schwarze trifft. Und in diesem Fall protestierten sie heftig gegen die Anzüglichkeiten jedes despektierlichen Scherzes. Sie waren darüber erbost, ihr leeres Gerede, ihre scheinheiligen Worte und Taten öffentlich entlarvt zu sehen. Also haben sich die „Tartuffes“ zusammengetan, um die Autoren solcher Satiren zum Schweigen zu bringen. Es hat sich eine äußerst einflussreiche Gruppe gebildet, die wir die „Kabale der Frömmler“ nennen, Fanatiker, die sich als Verteidiger der Kirche bezeichnen. Sie betreiben mit aller Macht den Ruin unseres Theaters durch die Zensur.

In ihrer Antwort berichtete Christina Molière von einem Treffen mit einem Repräsentanten des Papstes, Kardinal Chigi, der in Paris an einer privaten Lesung des *Tartuffe* teilgenommen hatte und begeistert war – so sehr, dass er nicht anders konnte, als einige Episoden dem Papst zu erzählen, der zwar einen Widerwillen gegen Satiren und Karikaturen hatte, aber dennoch schallend lachen musste und zuletzt meinte: „Ich weiß nicht, was ich dafür gäbe, eine solche Komödie zu sehen. Mit Sicherheit handelt es sich um eine dieser Burlesken, die voller unerwarteter Wendungen sind und dem Publikum den Atem rauben. Er muss ja wirklich ein Meister der Groteske sein, dieser Molière! Verzeiht, mein Freund, wäre es nicht möglich, an den vollständigen Text des Stücks zu kommen? Gerade hatte ich die verrückte Idee, dass man es ja in einem unserer Theater aufführen könnte. Bei Ludwig XIV. und seinem Hof würde die Sache mit Sicherheit eine Krise erster Ordnung auslösen. Könnt Ihr Euch das vorstellen: Der Papst übertrumpft den König mit der völligen Liberalisierung des Theaters, einem Akt, der in der Kirche beispiellos ist!"
Des Weiteren teilte Christina dem Freund mit, dass sie selbst ein Theater erworben habe, das Tordinona, dessen Renovierung demnächst abgeschlossen sei und das Platz für mehr als fünfhundert Zuschauer habe. Hier sollten ihre „schönen Singvögel" debütieren, von Angelina Quadrelli über Maria Landini bis Angelica Voglia, genannt La Giorgina.
„Außerdem", fuhr sie fort, „habe ich einen Vertrag mit einer Gruppe von Schauspielern, Sängern und Musikern

sowie rund dreißig Singvögeln abgeschlossen, unglaublich begabten jungen Mädchen. Wie schade, dass ich Euch nicht mit einer Komödie hierher einladen kann. Aber bestimmt wird es unserem willensstarken Papst gelingen, uns die geeignetste aller verfügbaren Bühnen Roms zu beschaffen. Übrigens, was den *Tartuffe* betrifft: Könntet Ihr mir vielleicht ein Exemplar zuschicken?"

Der *Tartuffe* erschien zu einem besonders ungünstigen Zeitpunkt: In ganz Europa, und besonders in Frankreich, standen sich Jesuiten und Jansenisten erbittert gegenüber, und auch deshalb waren Satiren in konservativen Kreisen so unerwünscht und riefen die Gegner auf den Plan.

Christina und Molière schrieben einander in immer kürzeren Abständen. In einem seiner Briefe schreibt er bestürzt, ja verzweifelt:

> Anscheinend verdächtigt uns der König, irgendeine Überraschung im Schild zu führen, ich möchte nicht, dass ein weiteres Verbot alles über den Haufen wirft. Die Handlung des *Tartuffe* kann ich Euch in ein paar Worten zusammenfassen. Tartuffe ist ein ausgekochter Betrüger, der sich unter allen naiven Opfern, die in Frage kommen, einen reichen Volltrottel ausgesucht hat. Der Gauner belästigt Orgon, denn so heißt das Opfer, in der Kirche, in die dieser jeden Morgen zur Andacht geht. Wie zufällig setzt sich Tartuffe neben ihn und macht dann mit dem Klingelbeutel eine Runde durch die Kirche, um die Almosen der Gläubigen einzusammeln, die er anschließend dem Probst der Pfarre überreicht.

„Hoffentlich wird mit den paar Münzen einigen Hungerleidern unter die Arme gegriffen", sagt er, sobald er wieder neben Orgon sitzt. „Leider Gottes gibt es Gauner, die sich sogar an Werken der Barmherzigkeit bereichern." Dann stellt sich der Spitzbub dem arglosen Mann als guter Christenmensch vor, dem es eine Herzensangelegenheit ist, vereinsamten Armen zu helfen, bei denen er, wie er sagt, auch lebt, um sie besser unterstützen zu können. Orgon ist von so viel Selbstlosigkeit überwältigt und lädt ihn ein, bei ihm zu wohnen. Und sogleich beginnt der Betrüger, eine Intrige einzufädeln, mit der er nach und nach das gesamte Leben von Orgons vielköpfiger Familie unter seine Kontrolle bringt. Er denkt sich Schachzüge aus und spielt mit diabolischem Geschick die Güte in Person. Der Tochter des Hausherrn macht er den Hof und will sie zur Frau nehmen, womit er sich ihren Bräutigam vom Hals schafft, der von Anfang an den Verdacht hatte, der vor Frömmigkeit überströmende Mann könnte in Wirklichkeit ein durchtriebener Heuchler sein. Damit nicht zufrieden, hofiert er auch noch Orgons Frau. Diese ist empört, doch als sie ihrem Mann von den Avancen Tartuffes berichtet, glaubt er ihr nicht, ja, er geht so weit, sie zu beschimpfen, und mit ihr auch andere Familienmitglieder. Zu guter Letzt jagt Orgon seinen Sohn aus dem Haus, der sich ebenfalls sicher ist, dass der heilige Mann nichts als ein Gauner ist, dessen einziges Interesse darin besteht, die Familie um ihr Hab und Gut zu bringen. Doch er weiß sich vor dem Schurken nicht zu helfen, dem es unter anderem gelingt, sich Orgons gesamten Besitz übertragen zu lassen. In einem apokalyptischen Crescendo folgt ein Knalleffekt dem nächsten, doch zuletzt wendet sich alles zum Guten, der Gauner wird entlarvt und schlussendlich gar noch von einem Polizeibeamten des Königs verhaftet und abgeführt.

Einige Tage später erhält Christina von Molière ein weiteres Schreiben, in dem es gleich zu Anfang heißt: „Unglücklicherweise hat sich der König vom Klüngel am Hof aufhetzen lassen und über den *Tartuffe* ein uneingeschränktes Aufführungsverbot verhängt."
Kurz darauf Christinas Antwort an den Freund in Paris:

Ich bin ebenso betroffen wie Ihr, lieber Freund, nie hätte ich gedacht, dass man auch in Frankreich so gnadenlos gegen die Satire vorgeht. Doch es heißt ja, dass sich – gerade am Theater – eine verzweifelte Situation im Handumdrehen in eine ungemein günstige verwandeln kann. Gestern nämlich hatte ich ein weiteres, diesmal entscheidendes Treffen mit Kardinal Chigi, meinem lieben Freund, von dem ich Euch schon geschrieben habe, einem äußerst intelligenten und charmanten jungen Mann, dem es binnen kurzer Zeit gelungen ist, zum Sonderberater des Papstes aufzusteigen. Er hat mir anvertraut, dass der Papst angesichts der ständigen Spannungen zwischen dem Heiligen Stuhl und dem Königreich Frankreich imstande wäre, sich zu der Verrücktheit hinreißen zu lassen, seine Zustimmung zu einer Inszenierung des *Tartuffe* hier in Rom zu geben. Der Gedanke ist umso paradoxer, als er eine allseits bekannte tiefe Abneigung gegen alle öffentlichen Veranstaltungen hat. Und dieser Gesinnungswandel – für den natürlich Kardinal Chigi verantwortlich ist – hat seinen Grund in folgender Überlegung: Frankreich ist dafür bekannt, dass es zurzeit das Land mit der größten Offenheit allem Neuen gegenüber ist und ein Gegner aller Dogmen oder Verbote oder irgendeiner Einschränkung der Gedankenfreiheit seiner Untertanen. Im Vergleich dazu gilt die römische Kirche schon seit viel zu langer Zeit als rückständig. Schuld daran sind die geistlichen Inquisitionsgerichte und deren grausame Urteile gegen Gelehrte, allen voran Galileo Galilei, der Prozesse und Schikanen zu erdulden hatte und dem mit dem Scheiterhaufen gedroht wurde. Die Aufführung eines in Frankreich verbotenen Stücks in Rom würde zu einem in der Geschichte noch nicht da gewesenen Meinungsumsturz führen.

Von nun an folgten kurze Mitteilungen einander auf den Fuß. In seiner Antwort zeigte Molière sich begeistert und fand die Idee des päpstlichen Beraters genial. Er sei zum Aufbruch nach Rom bereit, sobald er die offizielle Erlaubnis erhalten habe. Christina schilderte ihm die technischen Einzelheiten des Theaters, in dem der *Tartuffe* aufgeführt werden sollte, und nannte ein Dutzend fähiger Schauspieler des von Tiberio Fiorilli, dem berühmten Scaramouche, geleiteten Italienischen Theaters in Paris, dessen Schüler Molière gewesen war und den er daher gut kannte.

Mit gestärktem Rücken fand sich Molière zu einer Audienz beim Sonnenkönig persönlich ein. Der König zeigte sich verstimmt über die vielen Schwierigkeiten, die er seinem Freund Molière bereitet hatte. Und dieser holte tief Luft und teilte dem König seine Entscheidung mit.
„Ich bin hier, Majestät, um mich von Euch zu verabschieden und um Eure Zustimmung zu bitten."
„Zustimmung wozu?"
„Zu meiner Abreise. Ich bin zu dem Entschluss gekommen, dass der einzige Ausweg für mich und meine Truppe darin besteht, abzureisen."
„Zu einer Tournee?"
„Ja, zu einer etwas längeren Tournee. Ich werde nicht in der Provinz spielen, sondern nach Italien reisen, genauer gesagt nach Rom, zum Papst."
„Zum Papst? Um beim Papst was zu machen? Habt Ihr vielleicht beschlossen, Mönch zu werden?" Und der Sonnenkönig lachte, amüsiert über seinen eigenen Witz.
„Nein, Sire, ich wurde nach Rom eingeladen, um im Teatro di Tordinona meinen *Tartuffe* aufzuführen."
„Macht Ihr Euch über mich lustig? Den *Tartuffe* in Rom? Wo es von Heuchlern in jeder Pfarre und jedem Palast nur so wimmelt?"
„Ganz recht, die Idee stammt vom Heiligen Vater selbst. Er will das Klima in der Stadt von Grund auf ändern, er ist erschüttert über so viel Heuchelei und hat diesen unwürdigen Zuständen richtiggehend den Kampf angesagt."
„Nein, nein, Ihr scherzt, mein Lieber! Das ist ganz unmöglich. Sagt mir klar und deutlich, welche Machenschaften der Heilige Vater im Schild führt!"

„Nicht dass ich wüsste. Vielleicht handelt es sich um eine leidenschaftliche Liebe zur Kultur und zum Theater, von der bislang nichts bekannt war."
„Lieber Molière, jetzt hört mir einmal gut zu. Glaubt Ihr, ich könnte einen solchen Plan akzeptieren? Was sollten meine Untertanen, was ganz Europa von mir denken?"
„Nicht dass ich wüsste."
„Spielt nicht den Ahnungslosen, alle würden schreien: ‚Der Papst hat den König von Frankreich an die Wand gespielt. Jetzt ist nicht mehr er der großmütige Herrscher, der den Künsten und der Meinungsfreiheit Raum gibt, sondern der Stellvertreter Gottes auf Erden. Jeder soll seinen eigenen Standpunkt vertreten und seine Meinung sagen. Die Welt steht auf dem Kopf, Jupiter, Juno und Venus haben sich in der heiligen Stadt niedergelassen und Paris den Rücken gekehrt, dem Tempel der Kunst und der Wissenschaft!' Nein, tut mir leid, nie und nimmer gebe ich meine Einwilligung zu dieser Reise. Die Premiere des *Tartuffe* findet hier in Frankreich statt, im Palast von Versailles, vor einem ausgesuchten Publikum, wie Ihr es Euer Lebtag noch nicht gesehen habt."
Der Tag der Premiere war da. Das Theater von Versailles war brechend voll, die Zuschauer stammten aus den höchsten Kreisen, wie der König es versprochen hatte. Doch schon bei den ersten, wirklich komischen Späßen, die Molière zum Besten gab, verzogen diese Zuschauer keine Miene. Der Schauspieler wandte sich zu den Kulissen und bemerkte leise zum Souffleur: „Diese Zuschauer sind keine Menschen. Schaut gut

hin, das sind Gipsabdrücke aus dem Museum für antike griechische Statuen."

Es war ein einziges Debakel. Niedergeschlagen sprach Molière daraufhin beim König vor, der ihn aufmunterte: „Ärgert Euch nicht über die schlechte Aufnahme. Vielleicht ist der Text Eures Stückes ein Meisterwerk, doch auf der Bühne wirkt es eben nicht."

Darauf Molière: „Majestät, ich bitte Euch, verletzt jemanden nicht noch mehr, den man in einer Weise verhöhnt hat, die er hätte vorhersehen können."

Und Ludwig: „Ich gebe Euch mein Wort, dass ich für die Auswahl des Publikums an diesem Abend nicht verantwortlich war. Aber wie auch immer, lasst Euch doch nicht entmutigen, Ihr seid einer der fruchtbarsten Autoren, die mir je untergekommen sind, wer weiß, wie viele Komödien oder ernste Stücke Ihr in der Schublade habt!"

„Ja, tatsächlich ist da eines, das ich gerne aufführen würde, aber leider schreibe ich noch an der ersten Fassung, und in meiner augenblicklichen Stimmung bin ich wirklich nicht fähig, daran weiterzuarbeiten."

„Sprecht Ihr vielleicht von diesen Aufzeichnungen?" Und damit zog der König aus einer Schreibtischlade ein Bündel Papiere und legte es vor ihm auf den Tisch.

Und der verblüffte Molière: „Aber das sind ja Auszüge aus meinem *Don Juan*! Wie kommen denn die in Eure Hände?"

„Wie ein altes Sprichwort sagt: Die Wege des Herrn sind unergründlich, noch unergründlicher aber sind die Wege des Königs. Hört zu, ich habe es gelesen und muss Euch sagen, dass mir das Ende fast das Herz gebrochen

hat, und bekanntlich bin ich ein ausgesprochen schlechter Leser von Theaterstücken. Mir wäre sehr daran gelegen, wenn Ihr es mir selbst vorlesen könntet, hier und jetzt, damit ich seinen Wert wirklich einschätzen kann."
„Aber es ist nur ein erster Entwurf!"
„Genau das erstaunt mich ja. Wenn mich schon ein Entwurf so tief erschüttern kann, welche Wirkung wird dann erst die endgültige Aufführung haben! Lest vor, ich bitte Euch."
„Nun gut, Sire, ich werde es versuchen." Damit nimmt der Schauspieler die Blätter vom Tisch und sagt: „Wenn Ihr einverstanden seid, beginne ich an der Stelle, an der Don Juan dem Vater seinen Gesinnungswandel eingesteht."

„‚Ja, mein Vater, hier bin ich und bekenne, wie verzweifelt ich meine Untaten bereue.'
Und der Vater: ‚Ich muss mich einen Augenblick setzen. Deine Worte machen mich überglücklich, und gleichzeitig verursachen sie mir Schwindel. Was ist dir zugestoßen? Was ist geschehen?'
‚Vater, ich bin nicht mehr derselbe wie gestern Abend, der Himmel hat in mir einen Wandel bewirkt, der alle Welt in Staunen versetzen wird. Irgendwer, wohl Gott selbst, hat mein Herz berührt und mir die Augen geöffnet. Wie konnte ich nur solche Schandtaten begehen und ein so liederliches Leben führen? Vor mir sehe ich alle meine Frevel und staune, dass Gott sie so lange Zeit dulden konnte. Jetzt erst erkenne ich die Gnade, die er mir in seiner Güte zuteilwerden ließ. Vor allen will ich die

Abkehr von meinem bisherigen Leben kundtun. Ich bereue, ja, ich bereue!‘

Und der Vater umarmt ihn: ‚Oh, mein Sohn! Wie im Gleichnis vom verlorenen Sohn vergehe ich vor Freude über deine Verwandlung! Schon habe ich allen Kummer, den du mir je bereitet hast, vergessen, denn du hast ihn mit deinen Worten und deinen Tränen aus meinem Gedächtnis gelöscht!‘

Der Vater geht ab, und Sganarell, Don Juans Diener, der den Sinneswandel seines Herrn mitverfolgt hat, ruft aus: ‚Oh, mein Herr, wie glücklich ich über Eure Bekehrung bin! Wo ich doch keinen Heller darauf gewettet hätte, dass Ihr Euch jemals ändern würdet!‘

‚Hol dich der Teufel, du Schwachkopf!‘

‚Schwachkopf?‘

‚Ja wie! Hast du denn für bare Münze genommen, was ich gesagt habe, und wirklich geglaubt, dass es mein Herz ist, das aus meinem Mund spricht?‘

‚Wie? Es ist nicht … Ihr habt nicht … Euer … Oh, was für ein Mensch, was für ein Mensch, was für ein Mensch! Sagt mir, dass alles nur ein Scherz ist, einfach damit es etwas zu lachen gibt!‘

‚Nein, das ist kein Scherz, ich bin kein anderer als zuvor, und meine Gesinnung ist dieselbe wie eh und je.‘

‚Und Ihr lasst Euch nicht einmal von einer Statue umstimmen, die sich unbegreiflicherweise bewegt und auch noch spricht?‘

‚Ach ja, gewiss, ich habe eine Erscheinung erlebt, die jeden anderen erschüttern würde, nicht aber mich. Und wenn ich gesagt habe, ich würde mich bessern und ein ehrenhaftes Leben führen, dann war das nur

eine Finte aus kluger Berechnung. Eine geschickte Verstellung, um meinen Vater in die Irre zu führen, den ich brauche, weil er auf dem Geld sitzt. Und vor allem, um mich vor der Öffentlichkeit zu schützen, da mir etliche unerfreuliche rechtliche und moralische Verurteilungen drohen könnten. Und weißt du, warum ich dir das alles verrate, Sganarell? Weil ich möchte, dass irgendjemand mein wahres Wesen kennt.'
‚Also wollt Ihr Euch, obwohl Ihr an absolut nichts glaubt, für einen gottgefälligen Menschen ausgeben?'
‚Warum nicht? Wie mich gibt es unendlich viele, die dasselbe Handwerk ausüben und jederzeit bereit sind, ihre Maske gegen eine andere zu tauschen, um alle anderen zu hintergehen.'
‚Oh nein, was für ein Mensch seid Ihr bloß?'
‚Das ist nichts, wofür man sich noch zu schämen bräuchte. Im Übrigen ist Heuchelei ein Laster, das in Mode ist, und alle Laster, die in Mode sind, gelten als Tugenden. So zu tun, als wäre man ein gottgefälliger Mensch, ist heutzutage die schönste Rolle, die man spielen kann, glaub mir, Sganarell, der Beruf des Heuchlers bringt außerordentliche Vorteile mit sich. Er ist eine Kunst, die keiner entlarven kann, und wenn es jemandem gelingt, ist niemand offen darüber empört. Alle anderen menschlichen Laster unterliegen der Zensur, und jedermann ist frei, sie öffentlich zu brandmarken. Die Heuchelei jedoch ist ein privilegiertes Laster, das allen den Mund verschließt und in aller Ruhe völlige Straffreiheit genießt. Ein bisschen Theater genügt, und man ist sich der unverbrüchlichen Solidarität aller Betrüger des gleichen

Schlags gewiss. Nicht genug, sobald sich jemand mit einem von ihnen anlegt, hat er alle Betrüger gegen sich. Und sollte ein Gutgläubiger, den alle als wirklich gerechten und gottesfürchtigen Mann kennen, es trotzdem wagen, macht er sich unweigerlich zum Gespött und wird von der ganzen Gesellschaft verhöhnt. Was glaubst du, wie viele ich kenne, die mit einem kleinen Trick dieser Art die Schweinereien, die sie eben begangen haben, verdecken und dann in aller Freiheit weiterhin die ärgsten Schurkereien begehen? So gut auch alle über ihre Machenschaften Bescheid wissen und sie als das kennen, was sie sind, bleibt doch ihr Ansehen in den Augen der Öffentlichkeit unbeschadet. Es genügt, dass sie ein wenig den Kopf neigen, demütig seufzen und ein paar Mal den Blick zum Himmel heben – und schon erscheint vor der Welt alles, was sie angerichtet haben, wie ungeschehen. Unter diesen bequemen Schutz will auch ich mich begeben, um ruhig meinen Geschäften nachzugehen. Ich werde auf meine angenehmen Gewohnheiten nicht im Geringsten verzichten, jedoch Sorge tragen, sie geheim zu halten und mich ohne groß aufzufallen amüsieren. Sodass ich, sollte ich entdeckt werden, ohne einen Finger zu rühren zusehen kann, wie die Kabale meine Partei ergreift, vor allen und gegen alle. Kurz, es ist die einzige Weise, ohne Skrupel zu tun, was ich will, und dafür noch Beifall einzuheimsen. Ich werde mich zum Richter über das Verhalten der anderen erheben, streng über alle urteilen und nur von mir selbst eine hohe Meinung haben. Auf diese Art muss man aus der Schwäche der Menschen seinen Vorteil ziehen, auf diese Weise passt sich ein verständiger Mann den Sitten seiner Zeit an.'"

Der König klatschte begeistert Beifall und rief: „Ihr seid ein Genie! Jetzt geht, schreibt es in aller Form nieder und richtet es für die Bühne ein, ich werde jede Vorstellung, die zustande kommt, von Anfang an unterstützen und jedes Mal in der ersten Reihe sitzen und applaudieren."
Als Molière seinen *Don Juan* schrieb, spielten ihn freilich die Italiener schon seit Jahren, so wie Domenico Biancolelli, der nach Frankreich gezogen war. Molière nahm oft Anleihen bei den Italienern und bei französischen Bearbeitern italienischer Stücke. Doch wie der bedeutende Molière-Forscher Luigi Lunari schreibt, könnte man genauso gut die Natur selbst als Plagiator bezeichnen, erschafft sie die Menschen doch stets aus ein und demselben Stoff.
Und da wir schon bei Stücken sind: Hier ein weiterer unvorhersehbarer Theatercoup.
Kardinal Mazarin, dem berühmten Berater und regierenden Minister des Königs, war es vor seinem Tod noch gelungen, die Voraussetzungen für eine solide und dauerhafte Aussöhnung zwischen Frankreich und dem Vatikan zu schaffen. Der Papst erhielt das Recht auf ein Zehntel der Abgaben, die an den französischen Klerus gingen. Die Bischöfe sollten in Rom ernannt werden. Und der von der Kirche verurteilte Jansenismus wurde in ganz Frankreich verboten.
Zu guter Letzt wurde das Aufführungsverbot des *Tartuffe* aufgehoben.

Vor der Premiere schreibt Molière an Christina einen kurzen Brief:

> Ihr hattet recht, meine Königin, alle Verbote und Zensurmaßnahmen rund um den *Tartuffe* sind Vergangenheit. Ich dachte schon, ich wäre in einer Art Vogelkäfig gefangen und könnte nicht mehr fliegen. Doch so, wie Ihr es vorhergesagt habt, fallen in den verzweifeltsten Situationen manchmal alle Schranken und die Hindernisse lösen sich in Luft auf. Freiheit wäre die Parole auf unseren Fahnen, hätten wir Komödianten je eine zu schwenken gehabt. In einer Woche findet die neue Premiere statt. Wie schade, dass Ihr nicht daran teilnehmen könnt, aber ich verspreche Euch, dass ich während der ganzen Vorstellung an Euch denken werde, meine liebe Glücksbringerin.

Molière war im siebten Himmel. Er hatte die Arbeit am *Don Juan* wieder aufgenommen und arbeitete Tag und Nacht, sodass nach einem Monat die Proben beginnen konnten. Die Uraufführung fand drei Wochen später statt. Die Premiere war ein unglaublicher Erfolg. Sämtliche Kritiker, selbst die voreingenommensten, erklärten das Stück zu Molières Meisterwerk.

Doch leider! Wieder einmal geschah etwas Unvorhergesehenes.

Nach ein paar Vorstellungen wurde der *Don Juan* vom Spielplan genommen. Was war geschehen? Manche sind der Auffassung, an dieser Entscheidung sei Molières Gesundheitszustand schuld gewesen. Bekanntlich hatten die Ärzte bei ihm Tuberkulose festgestellt, und seine Rolle hätte ihn in kürzester Zeit umbringen können. Doch die Eingeweihten wissen sehr wohl, dass die Absetzung auf eine Intervention der „Kabale" zurückzuführen ist. Ein sogenannter Freund soll, angeblich aus Sorge um das Leben des Theaterleiters, Molière davon überzeugt haben, den Vorhang endgültig über das Stück fallen zu lassen. Auch seine Verwandten und seine Truppe waren gewarnt worden: „Der Verfasser dieser Mitteilung ist entschlossen, die Mitwirkenden an diesem Drama einen nach dem anderen aus dem Wege zu räumen." Mit einem Wort – eine Methode, die wir heute als mafiös bezeichnen würden.

Zum Beweis, wie ernst die Absichten der Verbrecher waren, schickten sie allen Mitgliedern der Truppe eine Botschaft, in der es hieß, einer von ihnen würde bei einem Unfall ums Leben kommen, und zwar innerhalb von drei Tagen, an einem Dienstagmorgen. Die ganze Truppe war in höchster Sorge, und wirklich, am angekündigten Tag und zur angekündigten Stunde wurde der Souffleur hinter dem Bühnenrahmen tot aufgefunden. Aufgrund dieses Ereignisses wurde der *Don Juan* abgesetzt und bis zum Tod Molières im Jahr 1673 nicht mehr aufgeführt.

Christina hatte diesen Angriff auf die Freiheit der Kunst mit großer Anteilnahme und voller Wut mitverfolgt, zu einer Zeit, als in Rom die bedeutendsten Künstler Italiens versammelt waren. Sie wurde zu ihrer Beschützerin und öffnete die Türen des Palazzo Riario Musikern, Sängern, Theaterleuten und vor allem den Schauspielerinnen und Sängerinnen, die Papst Innozenz XI., der Nachfolger von Klemens X., von der Bühne verbannt hatte – und das selbst im Karneval. Christina scherte sich nicht um das päpstliche Verbot und ließ im oberen Stockwerk ihrer prunkvollen Residenz ein richtiggehendes Theater einrichten, mit Bühnenhintergrund, Schnürboden und Maschinerie. Außerdem stellte sie den Musikern Pfeifenorgeln, Harfen und Clavicembali zur Verfügung. Und so traten in ihrem Theater auch Musiker wie Giacomo Carissimi, Arcangelo Corelli, der ihr seine erste Komposition widmete, sowie Alessandro Scarlatti auf.

FREIHEIT DES THEATERS UND BÜRGERRECHTE

Zu jener Zeit, als viele Theater geschlossen worden waren, kam Rom ein seltsames Privileg zu: Die Stadt verfügte über eine steigende Anzahl von Gefängnissen, darunter einen eigenen Kerker für hohe geistliche Würdenträger. In der Engelsburg wurde Christinas Privattheologe gefangen gehalten, der von der Inquisition verfolgte Miguel de Molinos, der hier auf seinen Prozess wartete. Von Anfang an hatte sich die Königin bemüht, ihm die berühmtesten Anwälte zur Seite zu stellen, und täglich schickte sie ihm Nahrungsmittel und frische Kleidung, ganz abgesehen von zahlreichen Briefen.

Verfolgte unterstützte Christina eifrig und unermüdlich. Im Jahr 1686 wurde durch einen päpstlichen Erlass den Juden in der Stadt die Teilnahme am Karneval untersagt. Jeder Jude, der in diesen Wochen maskiert und kostümiert angetroffen wurde oder der auf Straßen und in Tavernen scherzhafte Lieder sang oder Spottgedichte rezitierte, wurde aufgegriffen und in eines der zahlreichen Gefängnisse geworfen. Empört über dieses Verbot ließ Christina einen Gegenerlass verfassen und verteilen, in dem sie während des Karnevals den römischen Juden ihren ausdrücklichen Schutz in ihrem Haus anbot. Hier fand jeder Bürger, unabhängig von seinem Glauben, Unterschlupf und konnte ungestört feiern. Christinas entschlossenes Eintreten für die bürgerlichen Rechte fand seinen Höhepunkt anlässlich des Widerrufs des Edikts von Nantes, das viele Jahre davor von Heinrich IV. erlassen worden war. Wer das war? Bekanntlich der französische König, der 1610 ermordet wurde, als er sich in seiner Karosse auf dem Weg zum Waffenlager der Bastille befand. Aber er ist auch der Protagonist einer Tragödie von Christopher Marlowe, einem der größten Autoren des Elisabethanischen Zeitalters, in der sich der junge zukünftige König wie durch ein Wunder aus dem Massaker retten kann, das als Bartholomäusnacht in die Geschichte einging. Dabei wurden mit der Billigung Katharinas von Medici, der Mutter des damaligen Königs von Frankreich, die Hugenotten, die französischen Protestanten also, zu Tausenden niedergemetzelt. Das Edikt sollte den Religionsfrieden herbeiführen, den Überlebenden des Blutbads die freie Ausübung ihres Glaubens garantieren und sie als Untertanen der französischen Krone anerkennen. Doch 1685 beschloss Ludwig XIV., dieses Bürgerrecht abzuschaffen. Wozu dieses drastische Vorgehen? Es war nicht so sehr religiösen Motiven geschuldet als vielmehr, wie so oft, niedrigen ökonomischen Interessen. Die Nachkommen der massakrierten Hugenotten hatten das Gewerbe ihrer Ahnen wieder aufgenommen, den Handel mit dem Orient und die Nutzung der Gebiete, die sie in Mittelmeerländern erworben hatten. Daraus erwuchsen ihnen große Vorteile, und sie etablierten sich aufs Neue erfolgreich in der französischen Wirtschaft.

Mit dem Widerruf des Edikts konnte sich der Sonnenkönig alle Güter der Hugenotten aneignen, und gleichzeitig wurde ihnen verboten, freiberuflich zu arbeiten, etwa als Rechtsanwalt, Arzt oder Handelsvertreter. Christina reagierte auf der Stelle mit einem Brief, der in allen Sprachen Europas in Druck ging. Hier ist er:

> Mein Mitleid gilt all jenen, die vom König selbst ihrer Güter sowie ihres Rechts beraubt wurden, sich als Untertanen dieser Krone zu bezeichnen – nicht um des Heils der Kirche und ihrer göttlichen Gewalt willen, sondern zum Zweck, die leeren Staatskassen wieder aufzufüllen. Ich bedaure vor allem die große Zahl der Familien, die, ruiniert, dem Meer der Entrechteten überantwortet worden sind. Und auf diesem Meer segelt von Neuem das Narrenschiff, mit Narren, deren Unverschämtheit darin besteht, Gott mit einem anderen Ritus zu dienen. Ich halte Frankreich für einen Kranken, dem man zu seiner Heilung Arme und Beine abtrennt, eine Operation, die einzig den umherstreunenden Hunden von Nutzen ist, die sich an den blutigen Resten gütlich tun.

Überflüssig zu betonen, dass der Brief auf dem ganzen Kontinent für einen großen Skandal sorgte.

EPILOG: DAS AUßERORDENTLICHE LEBEN DER „UNMÖGLICHEN KÖNIGIN“ GEHT ZU ENDE

Im Jahr 1689 besichtigte Christina die Überreste einiger antiker Tempel bei Neapel. Nach Rom zurückgekehrt, wurde sie von einem seltsamen Unwohlsein befallen, das ihr Arzt einer Darminfektion zuschrieb, die sich verschlimmerte und Komplikationen nach sich zog.

Sie fürchtete, ihre letzten Tage seien gekommen, und ließ ein Kammermädchen zu sich rufen, das unter ihrem Schutz stand. Dieses Mädchen mit dem Namen Angelica war mit einem großmütigen jungen Mann verlobt, der sie sehr liebte. Das Problem war die Mutter der Braut, der die Verbindung höchst ungelegen kam, hatte sie doch die Absicht, aus den Reizen der Tochter bei reichen Herren Profit zu schlagen. Doch Christina wollte Angelica aus den Klauen der Mutter befreien und bot dem jungen Paar ein Haus an, in dem die beiden nach ihrer Hochzeit wohnen sollten. Die Verlobten umarmten sie tief gerührt. Und wie durch ein Wunder erholte sich die Königin von der schmerzhaften Krankheit, schöpfte neue Kräfte und spürte einen großen Drang, ins Leben zurückzukehren. Das Wunder wurde von allen ihren Freunden gefeiert, sie überhäuften sie mit Geschenken und allen erdenklichen Zeichen ihrer aufrichtigen Zuneigung. Den ganzen Abend lang erstrahlte der Himmel im Schein der bengalischen Feuer. Einige Tage später, während sich Christina in ihrem Zimmer ausruhte, stieg Angelicas Mutter zu dem Kämmerchen hinauf, das die Königin ihrer Tochter angewiesen hatte. In ihrer Begleitung befand sich ein recht übel beleumundeter Abbé. Sie plauderten ein wenig, doch auf einmal zog sich dic Mutter zurück und ließ die wehrlose Angelica mit dem Abbé alleine. Die junge Frau erriet sofort, dass die Mutter sie diesem Schandkerl verkauft hatte. Nach einigen lasziven Annäherungsversuchen, denen sich Angelica entzog, fiel er über sie her und wollte sie vergewaltigen. Verzweifelt versuchte sie, die niederträchtige Attacke abzuwehren, und bei dem Handgemenge wurden geräuschvoll Stühle und Tische umgestoßen. Doch zu spät eilten aus den unteren Geschoßen die diensthabenden Wachen herbei: Als sie ins Zimmer traten, fanden sie das Mädchen völlig unbekleidet vor, die Schandtat war bereits vollzogen. Wütend stürzten sich die Wachen auf den Abbé, der nur mit Glück dem Tod entging. Doch dann merkten die Bewaffneten, dass es sich um einen mächtigen Herrn mit einflussreichen Beziehungen handelte, und ließen ihn laufen. Völlig gebrochen zog sich Angelica in sich selbst zurück und verweigerte jeden Kontakt mit der Außenwelt. Ihre Gefährtinnen errieten, was geschehen war, doch im Einverständnis mit Kardinal Azzolino beschlossen sie, kein Wort gegenüber der Königin zu erwähnen, aus Furcht, dass diese Nachricht einen Rückfall herbeiführen könnte.

Als Christina schließlich vergeblich Angelica rufen ließ, geriet sie angesichts des Widerstands ihrer Freunde dermaßen außer sich, dass diesen nichts anderes übrigblieb, als das Mädchen zu ihr zu bringen. Gestützt auf den Bräutigam, weigerte sie sich zunächst, die Wahrheit zu sagen, doch die Königin drang so lange in den jungen Mann, bis sie die Tragödie erfuhr. Im ersten Augenblick schien es, als reichten ihre Kräfte aus, der schrecklichen Nachricht standzuhalten. Doch schon bald brach sie zusammen. Das Fieber stieg wieder an, und sie fiel in Agonie. Tags darauf, am 19. April 1689, starb Christina.

Die ganze Nacht hatte Kardinal Azzolino verzweifelt schluchzend an ihrer Seite verbracht.

Wenige Wochen später starb auch dieser engste Gefährte der Königin. Er war so tief mit ihr verbunden, dass er ihren Verlust nicht ertragen konnte.

In ihrem Testament hatte die Königin von Schweden bestimmt, dass sie ohne jeden Prunk bestattet werden wollte. Doch auf Anordnung von Papst Innozenz XI. sollte ihre sterbliche Hülle vier Tage lang öffentlich aufgebahrt werden. Dazu wurde die Königin in eine Robe aus weißem Atlas gekleidet und ihr Gesicht mit einer Maske aus vergoldetem Silber bedeckt, wie es bei den Herrschern der Achäer üblich war.

Ihr Sarg wurde in der Gruft des Vatikans beigesetzt, ein Privileg, das die Kirche im Lauf der Jahrhunderte nur zwei weiteren Frauen zugestand.

Euariste Gherardi faisant le personage d'Arlequin

A Paris chez I. Mariette rue S.t Iacques aux colonnes d'Hercules.

DER GESCHICHTENERZÄHLER

Von Johanna Borek

Schon im Prolog zu seiner letzten Geschichte, der Geschichte der „unmöglichen Königin" Christina von Schweden, tut Dario Fo das, was jeder gute Geschichtenerzähler macht: Er schwindelt. Im Prolog schwindelt er, indem er sich, deutlich augenzwinkernd, einer maßlosen Untertreibung bedient. „Und ein wenig haben wir sie auch erfunden", schreibt er, „um ihrer Einzigartigkeit gerecht zu werden".

Die Wahrheit ist, dass Fo Christina mehr als nur ein wenig erfunden hat. Und dass die Erfindung (nur) dazu dienen sollte, um „ihrer Einzigartigkeit gerecht zu werden", ist höchstens halb wahr. Seine Erfindung hat noch ganz andere narrative Funktionen.

Eine der wichtigsten und hinreißendsten besteht darin, dass wir durch die Augen der (Achtung! Ungelogen theaterbegeisterten!) Protagonistin zwei Theater- und eine Opernaufführung zu sehen bekommen sowie durch die Feder eines Theatermanns, nämlich Molière, es mit zwei Stücken zu tun haben, nämlich dem *Tartuffe* und dem *Don Juan*.

Die erste der Aufführungen bringt eine Commedia dell'arte-Truppe in Stockholm für Christina (und für uns: „Sehen wir uns das Stück gemeinsam mit Christina an!“) auf die Bühne. Fos Text ist halb Szenario, halb Dialog und Handlung; alle sind sie versammelt, Pantalone, das Liebespaar und selbstverständlich Arlecchino und Brighella. Und viele Commedia dell'arte-Ingredienzien finden sich hier: Brighellas Schlauheit, Arlecchinos ewiger Hunger und die Gesellschaftskritik, die er mithilfe seiner komischen Naivität zum Ausdruck bringt. Auch darf Christina, wie es sich gehört, das Spiel unterbrechen, etwa um den Spiegel, den ihr die Komödianten vorhalten, amüsiert zu erkennen und zu kommentieren.

Bezeichnend für Fos gefinkeltes Vorgehen ist die Aufführung („Mischen wir uns unter die Zuschauer!“) der Oper *L'Argia* von Antonio Cesti anlässlich der offiziellen Konversion Christinas zum Katholizismus in Innsbruck. Hier entspricht alles der „historischen Wahrheit“, Zeitpunkt, Ort, Anlass, Komponist und Oper – nur dass Fo – heftiges Augenzwinkern – unter dem Titel *L'Argia* eine völlig andere Handlung spielen lässt, und zwar eine, die sich an Christinas eigenem Leben orientiert.

Und dann: der ganz, ganz große Schwindel. Fo bringt Christina auf einer Reise nach Frankreich im Jahr 1658 (alles wahr!) mit Molière zusammen, in Rouen, denn Molière ist noch nicht etabliert, sondern nach wie vor mit seiner Truppe auf Wanderschaft. Christina ist über die Gelegenheit begeistert und sieht sich gemeinsam mit uns eine der ersten Ärztesatiren Molières an, den *Fliegenden Arzt*. Die Nähe zu den italienischen Wanderbühnen, das beschwerliche und unsichere Leben der Schauspieler und Schauspielerinnen kann der Autor hier thematisieren. Im zweiten langen Molière-Kapitel –

Molière ist in Paris, Christina zurück in Rom – steht dann in den naturgemäß fingierten Briefen, die die beiden wechseln, die *Tartuffe*-Affäre im Mittelpunkt. Die scheinfrommen Heuchler, die Molière in seinem Stück so unerbittlich demaskiert, was ihm die „Kabale der Frömmler" einträgt; Zensur, Aufführungsverbote in Paris; eine je nach Papst größere oder geringere Theaterfeindschaft in Rom. Als letztes Molière-Stück setzt Fo den *Don Juan* auf den Spielplan. Hier wird nichts erfunden, fast wörtlich zitiert Fo Don Juans finale Hymne auf die Heuchelei und ihre Vorteile.

Deutlich wird, dass die zweite Protagonistin des Romans das Theater ist. Deutlich wird darüber hinaus, wie sehr Fos Stückeauswahl und ihr erzählerischer Kontext auf Erfahrungen verweisen, die solche des Geschichtenerzählers selbst sind, der nicht nur auch und nebenher Theatermann war, sondern bei dem sich beides verschränkte in der Gestalt des *giullare*, von der Ulf Birbaumer in seinem Nachwort schreibt.

Was aber ist mit der ersten, der titelgebenden Protagonistin? Sie fasziniert Fo offenkundig als eine Frau, die eine Rolle spielt, die aber vor allem die ihr vorgegebenen gesellschaftlichen Rollen verweigert, um andere zu spielen. Den Text der Königin, der Ehegattin und Mutter, der heterosexuellen Frau, des höfischen Menschen, der einem kanonischen Verhaltenskodex zu folgen hat, sagt die historische Christina nicht auf; hier setzt Fo an und legt ihr den seinen in den Mund. Damit schreibt er eben keinen historischen Roman, sondern einen der zwei Wahrheiten, aus denen er eine macht: die des Geschichtenerzählers, des *cantastorie,* des *giullare* Dario Fo.

NACHWORT

Von Ulf Birbaumer

Am Tag bevor die Meldung durch die Medien lief, dass der geniale *giullare*, der Spielmann, der politische Possenreißer, der kämpferische Arlecchino seine Jahrmarktsbretter endgültig verlassen musste, hatte der Hollitzer-Verlag die Idee, seine beiden letzten Texte erstmalig auf Deutsch zu veröffentlichen. Beide – halb Roman, halb *commedia* – spielen in Skandinavien, wo der große Harlekin, Schauspieler-Autor und Erzähler, zweifelsfrei ein *conteur* von Weltruf, von Anfang an besonders geschätzt wurde. Eine Affinität, die 1997 in der Verleihung des Nobelpreises für Literatur gipfelte, eine Ehrung, über die der Vatikan schäumte und gegen die Literaturpuristen weltweit polemisierten. Den Geehrten freute das; außerdem war er es so gewohnt. So war man ja immer mit ihm umgegangen. Daher wohl seine typische Reaktion, als er von der Überraschung erfuhr: *Sono esterrefatto!*
Da wurde in den Zeitungsredaktionen natürlich gleich eifrig im kleinen Langenscheidt geblättert. *Bestürzt* sei er gewesen, las man tags darauf in den deutschsprachigen Gazetten. Ein cool gewordener Raisonneur ironisiert da seine große Auszeichnung?
Zwischen den Zeilen glaubt man lesen zu müssen: Die er nicht wirklich verdient hat. Das alte Wort vom

traduttore traditore beweist wieder einmal seine Gültigkeit. Aber ja doch: von den Socken war er, wie wir Theaterinfizierten auch, dem Erdboden gleichgemacht, überwältigt von der freudigen Überraschung. Abgehoben hat er und schwebte über dem Boden, den die Theaterbretter bedeuten, wie so manche der grotesken Figuren in seinen politischen Farcen. Oder wie der Spielmann in seinem Meisterwerk *Mistero buffo* von 1969.

Es gab natürlich auch Jubel, etwa von Umberto Eco, der sich *contento come una Pasqua* zeigte: seelenvergnügt. Und die Theatermacher sowieso: sie freuten sich wie Schneekönige über die perfekte Sensation. Erstmals geht dieser wichtigste Literaturpreis an einen von ihnen. Dieser Preis ist eine Auszeichnung für die unsterbliche Theaterkunst, basta. Wie der vorjährige, auch „umstrittene", mit Bob Dylan an die Zunft der *cantautori* ging. Die Reaktionen waren weit unaufgeregter. Aber wenn schon: hätte den Preis nicht eher Leonard Cohen verdient, oder Paolo Conte? Wie auch immer. Wichtig ist in beiden Fällen die längst notwendige Erweiterung des Literaturbegriffs. Bei Dario Fo war es zusätzlich ein Shitstorm (soziale Medien gab's noch nicht) aus politischen Gründen. So schrieb der *Osservatore Romano*: „Nach so vielen Genies ein Possenreißer (buffone)." Damit sind die Purpurträger bei Fo gerade an den Richtigen geraten: „Erinnere dich, liebe Kirche, wie viele ‚buffoni' du hast aufhängen lassen." Pierre Georges (*Le Monde*) ironisiert den vom Himmel gefallenen Nobelpreis: „Gott existiert, c'est un bouffon." Womit er ein Wort von Fos couragierter, kongenialer Partnerin, der Diva aus alter *commedia*-Tradition Franca

Rame, der Béjart der *Nuova Scena* und der *Commune,* der wohl die Hälfte des Preises gebührte, zitiert: „Gott existiert und ist auch Kommunist." Sie mobilisierte für die „Rote Hilfe", sie steht für die aufklärerische Tendenz dieser Theaterarbeit, wenn sie, ein Wort Molières fortführend, die Funktion des Lachens nicht kathartisch, sondern kognitiv definiert: „Wir glauben, dass Klagen falsch ist. Du weinst, gehst traurig nach Hause, sagst: Wie hab ich schön geweint und schläfst erleichtert ein. Nein. Wir wollen euch zum Lachen bringen ... Es öffnet sich nicht nur der Mund beim Lachen, sondern das Gehirn. Und ins Gehirn können die Nägel der Vernunft eintreten. Ich hoffe, dass heute Abend einige Leute mit Nägeln im Kopf heimgehen."

Dario und Franca mögen auch *buffoni* gewesen sein. Hofnarren der Bourgeoisie, Hofnarren der Mächtigen waren sie nie. Interessant ist, wie die Schwedische Akademie die Auszeichnung von Dario Fo begründete: „Der Literaturnobelpreis geht dieses Jahr an den italienischen Schriftsteller Dario Fo, weil er – in der Nachfolge der Tradition der mittelalterlichen *giullari* – die Mächtigen geißelt und so den Unterdrückten ihre Würde wiedergibt." Eine sehr politische Begründung, fürwahr! Zeitungs- und Fernsehjournalisten sagte er: „Dieser Nobelpreis geht nicht nur an mich, sondern an alle Theaterleute. Das ist das erste Mal, dass ein Autor ausgezeichnet wird, der auch Schauspieler ist. Es ist das erste Mal, dass man nicht nur dem geschriebenen Wort einen Wert zuerkennt, sondern auch dem gesprochenen." Er gehört dem *giullare*, dem Spielmann und – wie schon gesagt – der Spielfrau Franca Rame.

Fos Meisterwerk ist wohl sein 1969 entstandenes *Mistero buffo*. Dass der russische Revolutionsdichter Wladimir Majakowski seinerzeit ein *Mysterium buffo* geschrieben hat, erscheint in diesem Zusammenhang nicht unwichtig. Fos *Mistero buffo* ist eine Volkspassion, zusammengesetzt aus mittelalterlichen Spielmannstexten, die in mühevoller Kleinarbeit aus den Archiven gebuddelt wurden, eine deftige Volkspassion, kein „heiliges Theater", sondern „derbes Theater" im Sinn von Peter Brook. In der Szene „Die Geburt des Giullare", des Spielmanns also, stellt sich Jesus auf die Seite des gedemütigten, geschundenen, ausgebeuteten Jokulators und somit ganz allgemein gegen die Reichen und Mächtigen, gegen die Patrone dieser Welt, die Reichtum und Macht missbrauchen. Der ewige Spielmann, als der Fo vom Nobel-Komitee in Stockholm ausgezeichnet wurde, verdankt seine Geburt einem wunderbaren Kuss, dem revolutionärsten Zungenkuss der Theatergeschichte.
„Kommt herbei, ihr Leute, der Spielmann ist da!" So beginnt und so endet die Geschichte. Und es gibt andere Texte wie das „Flattermäuschen" aus den *Obszönen Fabeln*, die von einer Spielfrau erfunden und realisiert worden sind. „Ein Spielmann bin ich, der tanzt und springt, der euch zum Lachen bringt und sich lustig macht über eure Herren! Der euch zeigt, wie eitel und aufgeblasen sie sind, diese Fettsäcke, die überall Krieg machen, wo wir nur das Schlachtvieh sind! Ich stelle sie bloß, ich lasse ihnen die Luft raus, sodass sie ...: Pffft! ... in sich zusammenfallen." So beginnt also Fo die Erzählung. Aber bis es so weit war, musste der nunmehrige Spielmann viel erdulden, musste ein Wunder geschehen,

das ihn erst zum Spielmann machte. Eigentlich ist es die Geschichte eines armen Landarbeiters, der um einen Hungerlohn für seinen Patron schuftet. Aber findig wie er ist, entdeckt er ein Stück unfruchtbares Land, das offensichtlich niemandem gehört. Und er findet ein Rinnsal. Unten vom Fluss schleppt er Erde hinauf. Mit viel Mühe und Geduld gelingt es ihm, dem kleinen Flecken Erde das Wachstum eines Paradiesgärtleins abzuringen. Seine schöne Frau folgt ihm dorthin, dann seine Kinder. Aber dem *padrone* und den Honoratioren (Advokat, Notar, Pfarrer) ist das Blühen ein Dorn im Auge. Sie beanspruchen das Land für sich. Als der Landarbeiter es nicht hergeben will, lässt der Patron den Garten mehrfach zerstören. Ohne Erfolg: Er erblüht von Neuem. Da vergewaltigen seine Vasallen die Frau des Arbeiters vor den Augen der Kinder und nehmen ihm schließlich auch diese noch weg. Schließlich steigt der so Gedemütigte auf den Berg. Als er sich erhängen will, fühlt er eine Hand auf seiner Schulter. Einer mit dem Gesicht wie der Herr Jesus, und noch zwei, Markus und Petrus, „ebenfalls mit solchen Leichenbittermienen“, bitten ihn um etwas zu trinken. Er gibt ihnen auch zu essen, was ihm verblieb. Er solle sich nicht erhängen, er solle auch nicht auf seinem Stück Land sitzen bleiben. „Geh in die Welt zu denen, die dich mit Steinen beworfen haben und sprich zu ihnen, lehre sie zu verstehen und tue so, dass deine Zunge solche aufgeblasenen Fettwänste, wie dein Patron einer ist, durchbohrt …“ Der Landarbeiter sagt ihm, dass er gerne sein Gehirn gebrauchen würde, aber die Zunge liege ihm wie ein Stein im Mund. Da nimmt Jesus seinen Kopf und zieht ihn ganz dicht an sich heran und – tut ein Wunder. „Diese Zunge wird sein wie eine Klinge. Alle Blutsauger dieser Welt wird sie durchbohren und zerschmettern und sich richten gegen die Herren, um sie zunichte zu machen, auf dass die Menschen begreifen und wieder zu lachen lernen über diejenigen, die sich über sie lustig machen. Die Patrone besiegt man nicht mit einem Lachen. Aber wenn ihr über sie lacht, wird der Berg zum Hügel, und zum Schluss ist er weg. Da nimm hin, ich gebe dir die Kraft der Sprache. Ich küsse dich und mache dich sprechen." Nach einem langen Kuss spürt der Landarbeiter, wie seine Zunge im Mund hin und her schnellt, wie sich sein Gehirn bewegt und seine Füße von alleine ins Dorf laufen. „Kommt herbei, ihr Leute …" Der *giullare* ist geboren. Derb und deftig ist auch Fos dem *teatro popolare,* der *commedia dell'arte* verpflichtetes Volksstück: Polit-Farce und didaktisches Theater in einem. Die Kultur (das Theater, die Satire, die Farce) ist für ihn, wie Antonio Gramsci einst formulierte, der fünfte Finger der geballten Faust. Die Mittel seines Theaters sind die der populären *commedia.* Das subversivste darunter ist vielleicht das von Fo besonders gern angewandte *grammelot*, denn es ist unanfällig für Zensur. Es handelt sich um eine Fantasiesprache aus Phonemen, die im Einzelnen nichts bedeuten mögen, aber als Ganzes, unterstützt durch die krasse Mimik und Körpersprache, die karikierte Figur für die Zuschauer plastisch erkennen lassen. Besonders deutlich wird das beispielsweise in der Doppelrolle Fabrikarbeiter/Agnelli (der damalige Chef des Autokonzerns Fiat) in der rebellischen Farce *Hohn der Angst* (*Lo sghignazzo della paura*, 1981).

Natürlich kann auch das Theater des Dario Fo nicht die Welt verändern, aber es hat im Detail immer etwas bewirkt. So wurde in den Siebzigerjahren so lange gegen ein Hochsicherheitsgefängnis für politische Gefangene, in dem hygienisch wie menschenrechtlich unbeschreibliche Zustände herrschten, vor dessen Toren angespielt, bis es geschlossen und die Insassen verlegt wurden. Oder es hat die Welt der politisch dominierten Medien von der Bühne herunter attackiert wie im *Zufälligen Tod eines Anarchisten*. Die Berichte über die Affäre des Anarchisten Pinelli (Fenstersturz aus dem Verhörraum) im Zusammenhang mit dem Terroranschlag auf die Mailänder Agrarbank wurden als Lügen enttarnt und später im Sinne Fos korrigiert. Und *Bezahlt wird nicht!*, die Farce über Gratiseinkäufe im Supermarkt und die von den Grätzelbewohnern der Mailänder Vorstadt erzwungene Bewusstseinsänderung bei Gewerkschaftsmitgliedern und PCI-Parteimitgliedern, hat überhaupt nie an Aktualität verloren: zuerst neue Armut, rapides Anwachsen der Unterstandslosen, der illegalen „sans papiers“; von den heutigen Flüchtlingsströmen ganz zu schweigen. Noch ein paar willkürlich herausgegriffene Beispiele von heißen Eisen: die Drogenproblematik (*Mamma hat den besten Shit*), das Raubrittertum später vom Staat geretteter Banken (*Der Raub der Francesca*), der Neokolonialismus und Rassismus (*Johan vom Po*).
Dario Fo machte inhaltlich radikales, aufklärerisches Volkstheater. Formal blieb er traditionell, indem er dramaturgisch der vielfältigen italienischen *commedia dell'arte* vertraute. Die Kritikerin Renate Klett, die neben den Übersetzern Peter O. Chotjewitz und Renate

Häfner viel zur Verbreitung Fos in Deutschland beigetragen hat, sieht das im Märzheft 1997 von *Theater heute*, als noch niemand an das Wunder des Literaturnobelpreises dachte, so: „Sicher, gemessen an der Yuppi-Kultur, sind seine Werke hoffnungslos altmodisch. Aber das Altmodische an Fo ist gerade seine Qualität: dass er identisch ist mit dem, was er spielt und unkorrumpierbar in seinem moralischen und künstlerischen Engagement, dass er etwas zu sagen hat und das sehr direkt tut, kunstvoll zwar, aber ohne Umweg und Schnörkel, dass er mit Lust erzählt statt mit Qual, von der Welt statt von sich, dass er kämpft statt zu leiden, erhellt statt zu verrätseln, dass er polemisch ist statt innerlich. Und dann glaubt der Mann auch noch an Utopien, an das Volk und immer noch an den Sozialismus, an seinen, versteht sich, nicht an den der Partei." An den *einer* Partei, würde ich sagen, denn der Anarcholinke Dario Fo hat von Parteipolitik ganz allgemein nie etwas gehalten. Was man auch daran sieht, dass er die Kultureinrichtungen des damaligen PCI, der Kommunistischen Partei Italiens, benützte, ohne je deren Mitglied zu sein. Dass er sich später im Kampf gegen den „berlusconismo" der „Tre stelle"-Bewegung Beppe Grillos nahe fühlt, ist wohl dieser Haltung geschuldet. Fos Stücke wurden viel gespielt, selbst in der DDR, er selbst ist fast überallhin gereist, besonders gerne in die Niederlande (u. a. dank des großartigen Übersetzers und Moderators Frans Roth). Wien hat es leider nie der Mühe wert gefunden (ein kleines Gastspiel im Metropol ausgenommen), ihn im großen Rahmen, etwa zu den Wiener Festwochen, einzuladen. Da ist das „Fo-Theater in den Wiener Arbeiterbezirken" von Didi Macher und Otto Tausig in seinem Sinne (von 1979 bis 1995) in die Bresche gesprungen. In Skandinavien vor allem ist er stets eine Legende geblieben, in Dänemark durch das rege Engagement des Theaterwissenschafters Bent Holm. In Schweden freute sich besonders der Schauspieler Kim Anderson über den „Nobel" an Dario Fo: „Was für eine Emotion! Es ist fantastisch! Dario ist das dramatische Gewissen der Welt, der Verteidiger der Schwachen und der Unterdrückten und der satirische Flagellant der Mächtigen."

Schweden liebt den Harlekin aus der Lombardei, der in der alten, subversiven Art des Harlekinsprungs mit seinem lautstarken „Eccomi!" (Da bin ich!) auf der Dorfpiazza mitten unter die Leute springt und ihnen mutig die Wahrheit sagt. Und er liebt „naturgemäß" Schweden. Die rebellische Königin Christina, 1626 mitten in den Dreißigjährigen Krieg hineingeboren, hat es ihm besonders angetan. Weil sie eben so handelt. Die Christina von Dario Fo tanzt, sie übt sich in Artistik, sie reitet, sie liebt das Theater und die Philosophie (holt sich zum Beispiel René Descartes an den Hof), wählt sich einen Geliebten zum Lehrer, liebt aber auch die schönen Mädchen, lässt sich von den Regenten, vor allem von Axel Oxenstierna, nicht unterkriegen.

Bevor man sie verheiraten und so zur gefügigen Königinmutter machen kann, dankt sie zum Schrecken der mächtigen Männer plötzlich ab. Aber irgendwie bleibt sie eine europäische Königin mit entsprechender Apanage und tut mit ihrem Hofstaat das, was sie am liebsten tut: reisen. Sie becirct weite Kreise des

Vatikans in Rom, sie trifft in Rouen Molière, sieht bei ihm eine wundervolle *commedia all'improvviso*, kümmert sich um ihn bei den Schwierigkeiten der Aufführungen von *Tartuffe* und *Don Juan*. Kämpft um die Freiheit der Kunst, die schon bei ihr alles darf und nichts muss, um Ernst Fischers berühmtes Diktum zu bemühen. Sie trägt Männerkleider, wenn sie will, und sie steht zu ihrer lesbischen Liebe zu „Belle", Ebba Sparre, aus Stockholm. Diese Christina ist eine Persönlichkeit, die Fo gefällt und die seine vor ihm verstorbene Gefährtin Franca Rame bewundert hätte.

Das alles erzählt er uns nun in seinem schmalen, aber dennoch reichhaltigen, bislang außerhalb Italiens noch nicht publizierten „Roman", von mir bewusst unter Anführungsstriche gesetzt. Denn eigentlich ist es keiner. Es handelt sich um eine literarische Mischform, die der alternde Fo so liebt, eine Mischform aus Theaterdialogen, Dokumenten, Interpretationen von zeitgenössischen Gemälden und Chroniken. Er sagt selbst im Prolog: „Und ein wenig haben wir sie auch erfunden, um ihrer Einzigartigkeit gerecht zu werden."

Wir kennen das etwa aus seinem *Kleinen Handbuch des Schauspielers* (Turin 1987, auf Deutsch 1989) oder der autobiografischen Erzählung *Meine ersten sieben Jahre und ein paar dazu* (Mailand 2002, auf Deutsch 2004), beides übersetzt von Peter O. Chotjewitz. Wunderschöne, uneitle Texte über die Kunst des (politischen) Volksschauspielers, Menschen und rebellischen Citoyen Dario Fo. Und dann noch ein paar Jahre dazu, da erhält der 71-Jährige den renommiertesten aller Literaturpreise – und das passiert ihm, „dem Extremisten und Internationalisten, dem Anarchisten: jetzt wurde er zu einem Botschafter Italiens wie die Mode, Ferrari oder Pavarotti“ zitiert Henning Klüver in seiner lesenswerten Biografie den Berichterstatter der Turiner Tageszeitung *La Stampa*. Und dem *Espresso* gesteht Fo, dass die Welt sich verändert habe. Und er auch. „Diesen Preis verstehe ich jetzt als Anerkennung der Satire, der Groteske, der Freiheit, über uns selbst und über die Macht zu lachen.“ Beim abendlichen Bankett, so berichtet Klüver, spricht Fo ein kurzes Dankeswort mit einer Erinnerung an Königin Christina: „Königliche Hoheiten, unterstützt das Theater, wie es Christine vorgemacht hat. Vor allem das ironische Theater, denn das Lachen ist das Bewusstsein des Menschen.“

DARIO FO, geboren 1926, zählte zu den einflussreichsten Theaterautoren Italiens. Er veröffentlichte über 70 Stücke und war auch als Regisseur und Schauspieler aktiv. 1997 wurde er mit dem Nobelpreis für Literatur ausgezeichnet. Er verstarb 2016 im Alter von neunzig Jahren in Mailand.

JOHANNA BOREK ist Übersetzerin (u.a. von Denis Diderot, André Gide und Luigi Pirandello) und Literaturwissenschaftlerin. Publikationen zur Literatur und Philosophie der europäischen Aufklärung (u.a. Denis Diderot, Rowohlt 2000), zur italienischen Kultur und Politik im 20. Jahrhundert (Gramsci, Pasolini) und zur Kulturtheorie und Geschichte des Übersetzens.

ULF BIRBAUMER, Jahrgang 1939, ist emeritierter Universitätsprofessor für Theater-, Film- und Medienwissenschaft an der Universität Wien und als Theaterkritiker, Radio- und Fernsehjournalist tätig. 1979 gründete er gemeinsam mit Didi Macher und Otto Tausig in Wien das Fo-Theater in den Arbeiterbezirken.

HOLLITZER

www.hollitzer.at